AF438980

In copertina:
PUNTI D'INCONTRO - 2013
retro firmato FulOr (Fulvio Orga)

FULVIO ORGA

BREVI RACCONTI DELL'ASSURDO PROBABILE

Qualcuno va dicendo che io sia uno scrittore, un narratore!
Per quello che riesco a capire di me stesso, ritengo che tuttalpiù, potrei definirmi un "dialogatore". Uno che dialoga, appunto, che chiacchiera, magari mostrando sintomi di essenzialismo: niente fronzoli paesaggistici o sentimentali!
Eppure, vorrei tanto saper narrare segreti desideri, recondite fantasticherie, fugaci assurdità ... sì, raccontarle, solo per poterne poi sorridere.

SOMMARIO

L'ULTIMO COMPITO IN CLASSE

Uno

Primavera, foriera di possibili novità, di speranze, di incertezze e di vaghi timori per gli studenti dell'ultimo anno presso il liceo *Gelasio Caetani* di Roma.

L'aria leggermente frizzante favoriva il primaverile spirito sbarazzino degli studenti che, in attesa del professore di Lettere, esprimevano un'esuberanza palpabile, se pur sommessa. Gli occhi brillavano di una luminosità nuova, i sorrisi prolungati rivelavano desideri condivisi dalle ragazze dai volti radiosi di segrete partecipazioni, non ora, qui in classe, ma più tardi, altrove.

Anche Cecilia Siani, con i suoi diciott'anni da compiere ancora, una ragazza non bellissima però di certo desiderabile, con quei suoi fluenti capelli castani, gli occhi spensierati, il volto delicato dal sorriso appena accennato, conversava con Marco Comi, un giovanotto biondo, alto quasi due metri, che, nonostante il suo fisico da colonna romana, aveva lineamenti e comportamenti molto distinti, quasi aristocratici.

Si conoscevano da circa tre anni in quanto Marco era nella squadra di basket insieme ad Enrico, il fratello maggiore di Cecilia.

Marco ed Enrico erano diventati amici. S'incontravano sovente, discutevano, passeggiavano e a volte pranzavano insieme, oltre ad allenarsi ed a giocare le partite della loro squadra.

Forse nel frattempo, inconsapevolmente, tra Cecilia e Marco stava nascendo qualcosa di più d'una semplice amicizia.

La porta della classe si aprì ed entrò il professor Visentini, che da tempo gli alunni avevano soprannominato *Strabuzzi*, per il modo in cui schiudeva quei suoi occhi profondi e scrutatori.

Il brusio diminuì gradualmente fino a scomparire.

Iniziarono le interrogazioni e, quando mancava poco al termine della lezione, il professore comunicò:

- Mercoledì della settimana prossima sarà l'ultimo giorno di scuola, prima delle vacanze pasquali. In quelle due ore vi applicherete nello svolgimento di un compito in classe. -

Qualche studente brontolò sommessamente.

- Sarà l'ultimo - proseguì il professore - poiché nel prossimo mese e mezzo dovrete dedicare tutte le vostre energie per la preparazione agli esami. E ritengo che per voi sarà proprio l'ultimo. Infatti, l'anno prossimo molti si iscriveranno a qualche facoltà universitaria, mentre altri cercheranno un'occupazione in un'attività lavorativa. Per cui, in futuro sarà improbabile che vi sia richiesto di fare dei compiti in classe. -

Qualcuno commentò: *"Deo gratias"*, tra le risate degli altri.

- Infatti! - esclamò il professore strizzando gli occhi - Ma, in questi cinque anni, qualcuno di voi si è mai posto l'interrogativo sulla validità di esercitazioni scritte di questo tipo? -

Vi fu qualche risposta piuttosto confusa.

- Certamente. - riprese il professore - Sono utili per verificare le vostre conoscenze, cioè, se effettivamente avevate studiato. Per questo però, sono sufficienti le interrogazioni orali. Non vi pare? -

- Ma le esercitazioni scritte - riprese dopo una pausa - hanno anche la funzione di migliorare le vostre capacità espressive nello scrivere: quanto è semplice il linguaggio orale, tanto più è complessa l'esposizione scritta di un medesimo concetto. Se questo fosse l'unico motivo, non vi sembrano eccessive le limitazioni cui siete sottoposti nel fare un compito in classe? -

Vi fu un certo brusio. Qualche alunno si domandava dove *Strabuzzi* intendesse *andare a parare*.

- Considerate che dovete effettuare questo tipo di esercitazione in una stanza, l'aula, con ben poche possibilità di movimento. Avete a disposizione un limitato periodo di tempo per svolgere il compito assegnato, potete consultare solamente un eventuale dizionario, non avete la possibilità di scambiare fra voi nozioni e idee, mentre dovete convertire in parole scritte il vostro pensiero così che siano comprensibili ad altri i concetti che intendete esprimere, ed, in genere, vi sono richiesti anche pareri personali sull'argomento da trattare. -

I ragazzi si guardarono l'un l'altro, non sapendo cosa dire.

- Ritengo però che un'esercitazione del genere abbia anche una finalità pratica. In futuro infatti, potrebbe capitarvi di dover mettere per iscritto e senza indugio le vostre opinioni, anche su argomenti inattesi, e non avrete certamente due comode ore per elaborare il vostro pensiero in modo tale da esprimere chiaramente le vostre idee, affinché le stesse non vengano travisate da chi legge. E nel contempo, faciliterà anche la vostra comprensione del reale significato di ciò che vi capiterà di leggere. -

Era già vicino alla porta dell'aula quando soggiunse:

- Quindi preparatevi per l'ultimo compito in classe. -

- Su quale argomento professore? - domandò qualcuno.

- L'argomento lo conoscerete alle dieci e quaranta di mercoledì prossimo. - Rispose uscendo dall'aula.

Al termine delle lezioni Cecilia e Marco uscirono insieme, avviandosi per viale Mazzini verso l'ormai storico palazzo *nuovo* della Rai, con il famoso *cavallo morente* del Messina.

- Fino all'ultimo, *Strabuzzi* non si smentisce! - esclamò Marco sorridendo.

- Già, con le sue *uscite* ci spiazza sempre. -

- Il più delle volte però sono piuttosto sensate. -

- Domani vieni da noi? - domando Cecilia, cambiando argomento.

- Nel pomeriggio ho l'allenamento. -

- Appunto. Vieni da noi e poi con Enrico andate ad allenarvi. -

- Te lo faccio sapere. -

- Bene. Così ci potremo organizzare per pasquetta. -

L'allenamento sarebbe cominciato alle diciotto, e Marco si presentò in casa dei Siani poco più di un'ora prima.

L'accolse la signora Pina, madre dei suoi amici.

- Enrico è in camera sua. - disse con un sorriso, invitandolo ad entrare. - Sai dov'è. -

Marco s'avviò, bussò ed entrò chiudendo la porta dietro di sé.

- Che ci fai qui così presto? L'allenamento è fra un'ora! -

- Tua sorella mi ha chiesto di anticipare per parlare di ... -

- Ah, sì. - l'interruppe - Me ne ha accennato: la gita fuori porta di pasquetta. Siediti mentre finisco di prepararmi. -

Marco si guardò intorno. Conosceva quella stanza: in due anni c'era stato una decina di volte. Era una stanza abbastanza grande, eppure piuttosto opprimente, tale era la quantità enorme di carte, libri, capi di vestiario sparsi un po' ovunque in un babelico disordine.

Nella sala d'ingresso, trovarono Cecilia con la madre. Come la vide, Marco sorrise.

Dopo una breve conversazione, i ragazzi stavano per salutare, quando Cecilia chiese un passaggio: doveva andare da una sua amica.

- Va bene - rispose Enrico - però sbrigati, altrimenti arriviamo in ritardo al *ciesse*. -

- Non essere volgare! - esclamò la madre.

- Che hai capito? Intendevo dire al Centro Sportivo, al C. S. -

- Prendo la borsetta e lo spolverino - disse la sorella, avviandosi verso la sua camera.

La signora Pina la seguì.

- Che c'è? - domandò la figlia.

- Questo Marco ... -

- Mamma - la interruppe subito Cecilia. - Non fare la *pétula* come al solito! -

- Sarò petulante quanto vuoi, però a me sembra che quel ragazzo ... -

- È solo un amico, un compagno di scuola. -

- Se lo dici tu! - esclamò la madre ridacchiando.

Intanto, strada facendo, Enrico raccontava l'ultima sua avventura.

- Ieri ho trascorso la serata con una bionda. Si chiama Wilma, con certi cocomeri così succolenti da far venir voglia di tuffarmi dentro. -

- Sei sempre il solito degenerato! - esclamò Cecilia
indignata.

- Scusa, ma se avessi detto che aveva due curve meravigliose, non avrei reso l'idea di quel che ho provato
ieri sera. -

- Ma tu non ti fermi mai! - commentò Marco ridendo.

- *Ogni lasciata è persa* e di certo io non mi faccio sfuggire alcuna occasione. Le ragazze e le partite sono gli unici
motivi per cui vale la pena vivere. -

- Quindi, al primo posto, le ragazze, al secondo il basket, e al terzo? - lo stuzzicò Marco.

- Al terzo posto? Dopo le partite, giusto per riposarmi,
direi, le ragazze. - rispose spavaldo Enrico.

- Il solito sbruffone! - disse Cecilia, mentre ridevano
tutti e tre.

- E Sara? - domandò Marco con un tono quasi provocatorio.

- Cosa c'entra. Sara è la mia ragazza. -
Erano fermi, imbottigliati nel traffico pomeridiano.

- E tu, che tipo sei? - domandò rivolgendosi alla sorella.

- Io ... veramente ... - Cecilia, presa alla sprovvista da
quella domanda, si sentiva a disagio.

- Secondo me - intervenne Marco - tua sorella è restia
a parlare di se stessa. È dolce, intelligente, generosa, ha
la capacità di sorprendersi, ama la natura, ha un garbato
senso dell'umorismo, è interessata ai problemi altrui,
e se può, cerca di aiutare chi è in difficoltà. Ma teme di
esternare i propri sentimenti: ha un enorme pregio, che
altri snobbano perché fuori moda, il pudore di sé. -

- Grazie, signor avvocato! - rispose Cecilia sorridendo,
meravigliandosi di come l'amico l'avesse descritta con
tanta grazia.

- E tu, che fai tanto il filosofo? - domandò Enrico all'amico - che tipo sei? -

- Filosofo, io? Non dire sciocchezze! Mi guardo intorno, osservo la realtà che mi circonda, cerco di adeguarmi, anche se non condivido molte delle situazioni in cui si deve vivere. -

- La storia è piena di giovani rivoluzionari ... - intervenne Cecilia.

- Che hanno provocato violenze, distruzione e morte. - la interruppe Marco - Il più delle volte, senza riuscire a ottenere i risultati per i quali lottavano. Piuttosto, vorrei essere capace di creare una condivisione d'intenti, per rendere più giusto il nostro quotidiano. Però mi rendo conto che a volte le situazioni sono tanto complesse. -

- Eccolo qui il nuovo don Chisciotte! - esclamò Enrico, facendo ridere tutti.

- Fammi scendere - disse Cecilia - è abbastanza vicino, faccio più in fretta ad andare a piedi. -

I due amici proseguirono a rilento, pazientemente incolonnati.

- Certo che sei un bel tipo! - esclamò Enrico - Si stava parlando di rapporti tra ragazzi e ragazze, e tu svicoli in argomenti così genericamente vaghi ... -

Marco non rispose.

- Ho capito. - riprese l'amico ridendo fra sé - Già da tempo, avevo notato che alla presenza di Cecilia ti si illuminano gli occhi, arrossisci e la tua voce diviene esitante ... -

- Stando da tre anni nella stessa classe, siamo diventati amici. -

- Amici come? Come con le altre ragazze? - domandò Enrico in modo indisponente. - Via, non dirmi che non ci hai mai provato almeno con qualcuna! -

- Sono fatti miei, non ti pare? -

- Me lo puoi dire. Io ti racconto le mie avventure ... -

- A te piace esternare le tue fugaci relazioni. - lo interruppe Marco - I miei sentimenti preferisco tenerli per me. -

- Non mi dire che sei ancora ... -

- Non lo dico, infatti. -

- Allora? - domandò Enrico insistendo.

- Allora, cosa? -

- Parla. Qual è stata la tua grande avventura? -

- Quanta curiosità! - esclamò spazientito Marco.

- Stavolta non ti mollo se non me lo dici! -

- Sei noioso. - rispose Marco, quasi rassegnato - Comunque, la prima volta fu in terza media. Baciai una ragazzina minuta e fragile. In prima liceo poi ebbi un rapporto con una bruna. Non fu una gran cosa. Però, l'anno successivo, conobbi intimamente la bellissima Clara. Fu una sensazione davvero meravigliosa, ma lei mi avvilì dicendomi ch'ero troppo impacciato. Quell'osservazione mi ha reso molto più cauto nell'andare fino in fondo con le ragazze. Non posso negare però che sovente il desiderio mi stringe lo stomaco. -

- Ti capisco. Qualche volta anche a me capita di provare la stessa sensazione. - disse bonariamente Enrico - Ma cerco di reagire: *tempus fugit*. E poi, con tante belle ragazze in giro ... -

- E Sara? -

- È la prima della lista. Non m'impegno con nessuna. Però, ho fisicamente bisogno di avere sempre qualche ragazza intorno a me, anche se devo ammettere che insieme a Sara mi sento veramente molto bene. -

- E le altre? -

- Prove tecniche di relazione. - affermò ridendo Enrico.

- Giusto per passare il tempo! -

- No. Il tempo non è fatto per farlo passare, ma per usarlo. E se usandolo mi posso divertire ... -

- Siamo arrivati. -

- Finalmente! Il problema ora è trovare un buco nel parcheggio. -

Due

In classe durante l'intervallo era palpabile una certa tensione. A parte il solito gruppo di studenti superficialmente indifferenti, gli altri erano in apprensione su cosa avrebbe riservato loro quell'ultimo compito in classe.

Strabuzzi, era considerato un ottimo professore. Talvolta però era un po' cervellotico nel proporre argomenti e problematiche che inducevano sì a riflettere, ma di sicuro avevano ben poco a che fare con il programma d'esame.

Questo infastidiva alcuni studenti, quelli cioè ligi alle regole, ai programmi e a tutto ciò che fosse canonicamente normale. Mentre gli altri, forse i migliori, consideravano le osservazioni del professor Visentini come possibili stimoli per l' accrescimento intellettivo di ciascuno.

Cecilia e Marco, guardandosi, sorridevano incerti, quando entrò in classe il professore di lettere.

- La settimana scorsa abbiamo considerato come il compito in classe possa essere un importante esercizio propedeutico ad affrontare per iscritto situazioni impreviste. L'argomento che dovrete trattare oggi è forse inconsueto, però, a mio parere, può stimolare il vostro interesse. Pertanto, nelle prossime due ore vi impegnerete ad elaborare le vostre idee sulla seguente traccia: "*Sesso, cervello, cuore. Considerazioni.*" Penso che sull'argomento abbiate molto da dire. -

Vi fu un mormorio diffuso e qualche commento ironico da parte degli studenti.

- Ma che razza di traccia bizzarra è mai questa? - domandò uno studente.

- Forse vuole informarsi sulle nostre esperienze! - esclamò una ragazza.

Molti risero.

- Piuttosto intrigante. - osservò qualcuno, maliziosamente.

- Intrigante, forse. Ma di certo non sono interessato alle cosiddette *vostre esperienze* - commentò il professore - Ragazzi, fra poco più di un mese dovrete sostenere gli esami di licenza! Penso che siate ormai abbastanza maturi per esprimere le vostre idee su qualsiasi argomento. -

Il richiamo pose fine ad ogni polemica.

- Vi chiedo di non scrivere inutili sproloqui e soprattutto di non descrivere porcaggini, che per lo più sono solo frutto di vostre fantasie. Ripeto, ritengo che sull'argomento abbiate molto da dire, per cui non perdete tempo. -

In classe ormai regnava un silenzio ricco di tensioni e di riflessioni. Ciascuno cominciò a concentrarsi su cosa scrivere.

Incerta, Cecilia guadava intorno.

Dei suoi compagni di classe, vide che qualcuno già iniziava a scrivere, mentre altri, immersi nei loro pensieri, sembravano estraniati, assenti.

Osservò i loro volti. Alcuni mostravano una notevole preoccupazione.

L'argomento della traccia era certamente spinoso. Almeno per una ragazza come lei!

Su di esso si poteva scrivere parecchio.

A ben vedere però, lei aveva ben poco da dire. Di certo, ne sarebbe venuta fuori una paginetta striminzita di idee genericamente scarne, astratte, con una vaga pretesa speculativa.

D'altra parte, se si fosse impegnata in una serie di considerazioni, c'era il rischio di incorrere in possibili volgarità, o magari, di rifugiarsi dietro a complicate argomentazioni che sarebbero risultate insulse, vuote di senso, scritte solo per convincersi d'aver svolto il compito richiesto.

Cosa avrebbe scritto?

La sua mente proponeva vari spunti, forse troppi. Si sentiva confusa.

Come esprimere in modo personale concetti che nella pratica tutti credono di conoscere? Cosa era opportuno dire e, soprattutto, cosa evitare?

Ritornò ad osservare i compagni di classe e il suo sguardo si soffermò su Marco.

Già, Marco. Il compagno di classe, l'amico, il giovanotto atletico, simpatico, ponderato, impegnato in tante attività e pur sempre disponibile.

Sì, Marco le piaceva forse più di quanto ella stessa volesse ammettere.

Distolse lo sguardo, quasi a voler allontanare dalla sua mente certi pensieri ...

Marco era riflessivo, sapeva ragionare lui. Usava il cervello.

Cervello? Sì! *"cervello"*.

Già, ecco uno spunto per svolgere il tema!

E, quanto a "*sesso*"?

Cecilia sorrise fra sé.

Non sarebbe stato difficile parlarne: bastava fare riferimento a suo fratello, Enrico, i cui unici interessi erano certamente le ragazze e il basket!

Pensando al fratello, avrebbe potuto scrivere qualcosa su "*sesso*", mentre per "*cervello*" poteva descrivere le qualità che lei riconosceva in Marco.

- Fra i due, starei più volentieri con Marco, - rifletteva Cecilia - con lui provo un senso di serena sicurezza, di vivace tranquillità, forse un buon compagno, non solo di scuola ... -

Via. Ora devo pensare solo a fare questo tema!

Ma, per quanto riguarda il "*cuore*"?

Pensò a se stessa. In definitiva si identificò in un romanticismo senza fronzoli. Realista, sì, ma anche un po' sentimentale ...

Ormai tranquillizzata, Cecilia cominciò a scrivere ...

Marco era abituato ad appuntare i suoi pensieri riguardo all'argomento che era stato chiesto di trattare.

Prese dunque un foglio e cominciò a scrivere la cosiddetta brutta copia.

Cuore, un muscolo che, dall'inizio della vita fino al suo termine, ha la funzione fisiologia di propulsore del sangue. *Sesso*, un organo che ~~s'irrigidisce~~ reagisce a certe sensazioni. *Cervello*, materia atta a funzioni di coordinamento psicofisico dell'uomo.

Cuore e cervello sono organi vitali: si può sopravvivere anche se il sesso non esplica qualcuna delle sua funzioni, o se si ammala un polmone oppure un rene o qualche altra parte del corpo. Ma se il cuore cessa di pompare sangue o il cervello interrompe le sue precipue funzioni, l'uomo potrebbe morire.

Piuttosto schematico e banalmente scontato - pensò - certamente impreciso!

Sesso, cervello, cuore.

Arduo riuscire ad esporre ciascuna delle loro funzioni fisiologiche e quelle che abitualmente vengono attribuite a ciascuno dei tre elementi.

Eppure devo provare, anche se non credo di riuscire ad esprimere quello che mi passa per la mente ...

Mente? Cioè, *cervello*.

Pensiero. Raziocinio. Capacità di collegamento. Deduzione. Obiettività. Discernimento. Possibilità di realizzare ragionamenti logici ...

Memoria. Capacità di apprendimento. Autocontrollo psicofisico ... Comportamento. Capacità di relazionarsi con gli altri ...

Spiegare tutto ciò ed altro ancora, mi è impossibile in due ore di un tema scolastico! Ma ritengo che questo possa definirsi "usare il cervello".

Riguardo a *cuore*, mi pare che il discorso sia molto più complesso.

Il suo movimento costante, permette al sangue di defluire mediante le vene per poi passare, purificato, per tutto il corpo, tramite le arterie. Se questa attività dovesse rallentare oppure accelerare eccessivamente, si verificherebbero danni fisici anche molto gravi.

Una definizione del genere a me pare troppo superficiale. Questo dimostra la mia profonda ignoranza in materia! D'altra parte, non farò mai il medico!

Ma a parte ciò, al cuore vengono attribuite una notevole quantità di sensazioni, genericamente definite come "sentimenti".

Simpatia. Amicizia. Affetto. Gioia. Amore. Disponibilità ... E il loro contrario.

Ed anche, sofferenza, rassegnazione, indifferenza, dolore, disperazione, forse queste ultime causate da situazioni particolari.

Sono tutte circostanze *indefinibili*, che comunque influiscono in modo consistente nel quotidiano di ogni individuo.

Che altro dire?

Ah, sì, condivisione, solidarietà, rinunzia di qualcosa di sé a favore dell'altra persona ...

La sua mente fece balenare l'immagine d'una ragazza. Marco arrossì al solo desiderio di quella ragazza ... Per un attimo volse uno sguardo sorridente verso l'inconsapevole Cecilia: era intenta a scrivere il suo tema.

Non credo di essere in grado di soffermarmi sulle cause e gli effetti di ogni situazione!

Riprese a scrivere, cercando di allontanare da sé quella cara immagine.

Sesso?

Già, che dire del sesso?

Per quello che ne so, "fare sesso" è l'intima esigenza di soddisfare la propria esuberanza individuale, restando indifferenti alle sensazioni che potrebbe provare chi vi partecipa.

Ciò non ha niente a che vedere con il "fare all'amore"!

Quando infatti, un ragazzo e una ragazza, a prescindere dall'età, s'incontrano, simpatizzano, provano una reciproca attrazione non necessariamente sessuale, sperimentano possibili affinità e avvertono un desiderio sempre più forte di condivisione, ... forse tutto questo è il principio di un nuovo sentimento che va ben oltre alla simpatia e all'amicizia.

È l'alba dell'amore. Cioè l'inconsapevole inizio del pulsare all'unisono dei loro cuori e del vicendevole desiderio di donarsi l'uno all'altra.

A mio parere, "fare sesso" è l'espressione di un comportamento piuttosto edonistico, fine a se stesso, senza un passato e con un improbabile futuro: solo la soddisfazione momentanea della propria istintualità. Mentre "fare all'amore" ha un passato di reciprocità, e diviene l'effettivo completamento di un forte sentimento: l'amore che si propaga verso l'avvenire.

Mi domando però il motivo per cui *Strabuzzi* il professore ha dato la traccia, *"sesso cervello cuore"*, indicandoli in quello specifico ordine progressivo.

Ci deve essere una spiegazione!

Se, oltre quelle fisiologiche, cervello e cuore hanno altre funzioni, quali dunque, possono intendersi quelle relative al sesso?

Istintivamente, l'individuo prova il desiderio di sfogare la propria impulsività, la curiosità, lo spirito di avventura, il timore dell'incertezza, l'entusiasmo di compiere azioni a lui sconosciute ...

Ma tutto questo avviene fin dalla nascita, anche se non hanno nulla a che fare con il sesso come lo si intende normalmente!

Il neonato percepisce sensazioni nuove nell'udire voci, suoni e rumori, nel sentirsi toccato dagli abbracci materni, nel cominciare a vedere quello che per lui è l'ignoto ... e, sempre più è spinto da un'innata curiosità, sia pure vagamente, riesce a distinguere ciò di cui ha bisogno da quello che a lui disturba, e si avventura con sorrisi, strilli e pianti, per tentare di soddisfare le proprie esigenze fisiologiche ...

Il bambino, spinto dall'intimo spirito d'avventura e dalla curiosità sempre più insaziabile, scopre la natura, magari va per nidi, s'arrampica sugli alberi, sperimenta con gioia o magari con delusione il rapporto con i suoi simili, sente il desiderio di competizione ...

Il ragazzo comincia a provare curiose pulsioni fino allora sconosciute, cerca di affermare la propria individualità e desidera conquistare una specie d'indipendenza ...

Il giovane sperimenta attrazioni, passioni, repulsioni, sempre più consapevoli. Presume di conoscere ormai tutto della vita ...

Se queste azioni e reazioni sono in definitiva stimolate dal "sesso", inteso appunto come istintualità, curiosità, spirito d'avventura, posso ben capire perché il professore l'abbia indicato come primo fra i tre elementi proposti: è presente infatti fin dalla nascita di ciascun individuo.

Inoltre, mi sono reso conto di quanto siano deboli a volte le ragioni proposte dal cervello e gli argomenti suggeriti dal cuore: sovente soccombono alla forza della curiosità e allo spirito d'avventura. Il sesso dunque, risulta essere più forte ed intrepido degli altri due elementi.

Forse, anche per questo motivo il professore lo ha indicato per primo.

D'altra parte, l'uomo è ascritto al primo dei cosiddetti "regni": animale, vegetale e minerale. Per cui si potrebbe dire che l'uomo è quel porco d'un animale dotato di ragione che sovente non sa o non vuole utilizzare. Questa è una battuta! Però l'uomo a volte si comporta veramente peggio delle bestie, commettendo porcate incredibili. E chiedo scusa ad animali e porci!

A conferma di ciò, credo d'aver io stesso scritto numerose bestialità!

Marco sorrise fra sé.

Rilesse quanto aveva scritto.

In definitiva, - considerò - nel proprio quotidiano, l'uomo è veramente stimolato, guidato e mosso proprio dal sesso, dal cervello e dal cuore!

Diede un'occhiata all'orologio: rimaneva soltanto mezz'ora per sistemare i suoi appunti.

E s'affrettò a scrivere la copia da consegnare.

Tre

Per gli studenti della quinta liceale, le vacanze pasquali sarebbero state le ultime giornate di svago e di riposo.

Infatti, fino a luglio, le successive festività e le domeniche le avrebbero dovute dedicare allo studio, alla spasmodica ripetizione del programma scolastico, in vista degli esami finali. Un impegno, questo, carico di segrete ansie e di preoccupanti timori.

Questi giorni di vacanza erano dunque quasi un invito a dare un calcio a tutto: libri, scuola, studio, per potersi divertire, spensierati, sulle ali di una lieve brezza d'un vago, emozionante senso di libertà.

Il piacere di svegliarsi la mattina al solito orario e scoprire di poter starsene accoccolati tra le lenzuola senza provare alcun senso di colpa, e poltrire ancora un poco ...

La gioia di alzarsi, fare le solite cose, gustare con calma la prima colazione, non tormentati da un orario da rispettare ...

E, pacatamente, programmare cosa voler fare nel corso della giornata ...

Cecilia decise di trascorrere la mattinata ad aiutare la madre per le cosiddette "pulizie di primavera".

La signora Pina si meravigliò della spontanea disponibilità della figlia, sempre indaffarata in altre faccende, studio, amiche, incontri ...

Mentre il fratello già da tempo aveva dichiarato la sua assoluta avversione alle necessità della famiglia. Aveva ben altro da fare, lui! L'università, il basket, le ragazze, gli amici ...

E Marco?

Durante il periodo scolastico dedicava, come volontario, alcune ore pomeridiane ad un Centro di accoglienza. Ed ora ch'era in vacanza vi andava anche la mattina.

E fu proprio mentre tornava a casa, che per strada incontrò Enrico.

- Che hai deciso per pasquetta? - domandò quest'ultimo - Avevo pensato di andare al mare, a Fregene. -

- Sinceramente, non saprei ... -

- Ma che avete tutti quanti! Non vi capisco! - esclamò l'amico.

- Cosa? -

- Veramente era intenzione di trascorrere tutta la giornata insieme a Sara. Le ho telefonato, però non s'è mostrata entusiasta dell'idea. Dice che reputa sconveniente andare al mare noi due soli. Verrebbe volentieri se venisse anche Cecilia. Ho quindi parlato con mia sorella che si è mostrata contenta della gita al mare, tuttavia, dice che si annoierebbe a fare da palo a me e a Sara! E adesso ti ci metti anche tu ... -

- In definitiva, - lo interruppe Marco - mi stai invitando a venire con voi unicamente perché tu possa stare insieme a Sara? -

- Ma tu, ci tieni a mia sorella? -

- Cosa c'entra questo? -

- Hai ragione, ti chiedo scusa. Però, cerca di comprendermi! Non intendere la mia proposta come se tu fossi un ripiego, ma piuttosto come un completamento di intenti. Tutti e due vogliamo la stessa cosa: io stare con Sara e tu con Cecilia. -

- Sei un bel tipo. Giri sempre la frittata in modo da ottenere ciò che ti interessa! -

- Ripeto la domanda, ci tieni a mia sorella? -

- Stai toccando un tasto debole ... -

- Questa non è una risposta. - l'interruppe Enrico - Rispondo io per te: Sì, ti interessa! E da quello che mi par di capire, ci tieni più di quanto tu stesso voglia ammettere! -

Marco arrossì. Cominciò a farfugliare ...

- Mi piacerebbe tanto ... sarebbe bello ... ma ... -

- Se in questo momento ti potessi vedere! - l'interruppe nuovamente Enrico ridendo - Solo al pensiero di lei, non sembri più te stesso e naufraghi in brodo di giuggiole! -

- Marco, svegliati! - riprese dopo una brevissima pausa

- Non puoi vivere solamente di sogni. Datti una mossa! Buttati! -

- Non vorrei che fosse lei a buttarmi. -

- Cecilia conosce le mie passioni e per questo non ha un buon concetto di me. Tra noi non parliamo mai d'argomenti del genere. - confessò.

Marco non fece alcun commentò.

- Dai, vieni. Non puoi star lì a struggerti senza aver almeno tentato! - riprese Enrico - E poi, ho un certo programmino ... -

- Di che genere? - domandò Marco incuriosito.

- La mattina, al mare. Bagno, giochi, chiacchiere ... Dopo aver consumato quello che ci siamo portati da casa, si va verso i Castelli ... -

- Perché? -

- Dopo una mattinata di preliminari, mi pare logico realizzare qualcosa di più concreto! E verso i Castelli romani ci sono certi posticini graziosi, discreti, riservati ... -

Marco rise di gusto.

Per le gite fuori porta, era prevedibile un notevole aumento del traffico verso le località marine. Per cui, non volendo rimanere bloccati per ore, avevano deciso di partire da Roma molto presto. E, nonostante la mezz'ora di ritardo, il percorso fu abbastanza agevole.

Enrico era alla guida, Marco al suo fianco, mentre le ragazze nei sedili posteriori e tutti erano pervasi da un senso di euforia forse esagerata, ma giustificata: dopo tanti mesi, finalmente si tornava al mare!

Ridevano e scherzavano per tutto il viaggio.

Quando giunsero in spiaggia a Fregene, vi erano già parecchi bagnanti, ma trovarono un comodo posto vicino alla battigia ove sistemarsi. Srotolarono i teli per potersi sdraiare, si levarono gli indumenti di dosso.

I loro pallidi corpi godevano al tepore non ancora bruciante del sole.

Si guardavano l'un l'altra con un certo turbamento. In particolar modo Marco, che non aveva mai visto Cecilia in costume da bagno: sospirò, e improvvisamente fu sconvolto da un intimo desiderio. Ebbe la presenza di spirito di sedersi ed accavallare le gambe, mentre una reazione, forse insensata, lo faceva ridere. D'altra parte nessuno ci fece caso: in quel momento infatti ridevano tutti e quattro!

La mattinata trascorse tra tuffi e nuotate in quel caldo mare reso morbido dalla salsedine. E poi, scherzi, risate e chiacchiere, stesi ad asciugarsi al sole.

Verso l'ora di pranzo la spiaggia era talmente affollata da un confuso brulichio vociante di bagnanti: sembrava che un'intera città si fosse riversata sul litorale.

Lasciarono la spiaggia ormai divenuta così caotica, e cercarono un posto più tranquillo all'ombra di taluni alberi per fare colazione.

Con calma, consumarono quanto avevano portato da casa: un'ottima frittata di pasta che con la frutta era stata preparata dalla madre di Cecilia e di Enrico, le cotolette di vitello che Sara aveva cucinato la mattina prima di partire, il tutto innaffiato da un fiasco di buon vino che Marco aveva portato con alcune porzioni di vari formaggi.

In definitiva, un allegro picnic!

Chiacchiere, commenti sottintesi e risate avevano saziato la naturale fame dei quattro amici.

- Ti vedo taciturna. - disse ad un certo punto Sara rivolgendosi a Cecilia.

- Niente. - rispose quest'ultima - Stavo pensando all'ultimo compito in classe d'italiano. -

- Perché, che aveva di particolare? - domandò Enrico.

- La traccia. Sesso, cervello e cuore! -

- Per caso il tuo professore è un degenerato? - domandò Sara indignata.

- Chi, *Strabuzzi*? - intervenne Marco - assolutamente no. Però è certamente un tipo bizzarro! -

- Che a scuola si parli di sesso, non v'è nulla di strano. - commentò Enrico - Ma che addirittura sia oggetto di un compito scritto, mi pare un po' azzardato! -

- In definitiva, - disse Marco - il professore richiedeva le nostre considerazioni sul sesso, sul cervello e sul cuore. -

- Capisco. Una specie di triade di elementi! - esclamò Enrico - Non è poi una novità. Anche taluni filosofi, in particolare quelli dell'antichità, riconducevano l'essenza della vita a tre elementi primari, o perlomeno a quelli che loro ritenevano tali. -

- A me pare alquanto riduttivo - commentò Cecilia - che l'essere umano, nella sua complessità, possa essere considerato solo in base a tre elementi, sia pure fondamentali. -

- Come, non lo sai? Il tre è il numero perfetto per eccellenza. - disse Enrico - L'uomo è felice se ha tre donne, tre milioni d'euro l'anno e tre di qualche altra cosa che ora non mi viene in mente. - disse Enrico ridendo.

- Non dire sciocchezze! - lo rimproverò Sara.

- Scherzavo. -

- Mi pare d'aver letto da qualche parte - riprese Sara - che anche taluni santi abbiano ipotizzato un qualcosa del genere. -

- Davvero? -

- Se non ricordo male, - continuò Sara, ignorando l'interruzione di Enrico - san Bonaventura ha addirittura espresso un concetto ancora più elevato: secondo lui infatti, in ogni creatura vi è insita la Trinità divina ... -

- Un momento. - l'interruppe Marco - Non mescoliamo il sacro col profano! -

- Se proprio vogliamo parlare di Trinità, - disse Cecilia - credo che sia i filosofi e sia il professore intendessero eventualmente una specie di trinità umana. -

- Oltre tutto, - commentò Sara - quella divina è strettamente relazionata ad un unico Dio! -

- Se è per questo, - considerò Marco - quella umana potrebbe riferirsi all'unicità di ogni creatura. -

- Adesso però, non divaghiamo! - esclamò Cecilia - Stavamo parlando del tema! -

- È vero. - riprese Marco - Però, proprio il sesso, il cervello e il cuore muovono l'individuo. -

- Che intendi? - domandò Sara.

- Cos'è il sesso, - rispose Marco - se non l'entusiasmo per la vita, l'innata curiosità di vedere, sentire, provare, e perfino di avventurarsi in situazioni sconosciute? E soprattutto, stimola la passione. Sì, la profonda passione, magari per un'idea, per un hobby, per una specifica attività, per una donna ... L'entusiasmo e la passione che conduce all'amore ... questo, in effetti, l'avrei dovuto scrivere nel tema! ... -

- Non te ne crucciare, - disse Cecilia - era solo un compito di scuola! -

- Per me, cuore è sinonimo di amore! - intervenne Sara - L'amore è il più bel sentimento che si possa esprimere. Amore per la vita, per la natura, per gli altri, per ... -

- Per l'uomo del cuore. - completò Cecilia - Un po' sdolcinato, non ti pare? -

- Non credere. - riprese Sara - Il vero amore non è solo baci ed abbracci. Il più delle volte è lotta fra due caratteri che non sempre si compensano, e talora è anche rinunzia di sé, delle proprie idee, del proprio modo di pensare ... o magari, sacrificio anche della vita pur di non tradire l'amore per le proprie convinzioni: quante persone preferiscono morire piuttosto che rinnegare i propri ideali ... l'amore diviene sofferenza emotiva, dolore ... Ma, se è vero amore, allora ha il potere di trasfigurare la sofferenza in catarsi, di convertire il dolore in forza motrice di nuove speranze ... -

- Ehi, ragazzi, vi prego, siamo in gita! - interruppe Enrico - Ci vogliamo rovinare la giornata per colpa di un professore un po' strambo e di un compito piuttosto astruso? Perché non facciamo un giro in collina? L'aria è certamente più fresca, il panorama, più sereno ... -

I ragazzi sorrisero, ben contenti della proposta. Caricarono in auto le loro cose e partirono.

Dopo poco più di due ore, Enrico rallentò, voltò per un viottolo sterrato e fermò l'auto dopo circa mezzo chilometro.

- Perché ci fermiamo? - domandarono gli altri.

- Volete forse buttarvi nel caos turistico di Tivoli? - rispose - Qui è più tranquillo, sereno e fresco. Potremo fare una passeggiata in questi boschetti ... -

- Piuttosto romantico. - Commentò Cecilia ridendo, mentre Marco sorrideva, ricordando le intenzioni dell'amico.

- Chi, io? Non sia mai! - esclamò il fratello - Però, dopo tanti mesi di pioggia e di freddo, è bello ammirare il rifiorire della natura, ascoltare il cinguettio degli uccelli ... -

- Non ti immaginavo amante della natura. - commentò Sara.

- Sono un uomo dalle mille sorprese! - esclamò presuntuosamente Enrico.

Gli altri risero divertiti a quell'uscita.

Cecilia propose di sedersi sotto un albero e fare merenda con la frutta ch'era avanzata.

- Mi piacerebbe fare un giro intorno, scoprire cosa c'è dopo questo boschetto. - disse Enrico, appena finito di mangiare, e rivolgendosi poi a Sara domandò - Ti va di venire con me? -

La ragazza sorrise e, lasciando Cecilia e Marco, si avviò con lui seguendo un sentiero tortuoso, tra cespugli e piante d'alto fusto.

Per un po' camminarono silenziosamente l'uno a fianco all'altra.

- È stata proprio una bella giornata! - esclamò Sara.

- Già. -

- Il mare quasi trasparente, il sole così caldo ... -

- Preludio di un'estate infuocata. - continuò Enrico.

- Ti dai alla meteorologia? -

- Veramente, pensavo a noi due. -

Sara non rispose.

- Dopo tanti mesi - riprese Enrico - il risveglio della natura in primavera, il mormorio della brezza tra le foglie, il profumo del terreno ancora umido dalle ultime piogge, mi incanta ... -

- Cos'è questo rumore? - domandò Sara interrompendolo.

- Pare uno scroscio d'acqua. -

- Andiamo a vedere. -

S'avventurarono tra i cespugli fino al margine d'un dirupo. Scoprirono una cascatella che alcuni metri più sotto formava un piccolo ruscello.

- Vogliamo seguirlo? - domandò Enrico, mettendo un braccio intorno alla vita di Sara.

Giunsero alla fine del boschetto e videro il ruscello scorrere sino a formare in lontananza una grossa pozzanghera, quasi una specie di laghetto.

- Guarda. Abbiamo scoperto un piccolo lago! - esclamò Enrico - Che ne dici, vogliamo avvicinarci? -

- Preferisco tornare indietro. -

Strada facendo, trovarono un cespuglio piuttosto alto accanto al quale poterono sedersi, indisturbati da sguardi indiscreti.

Enrico allungò un braccio intorno alla vita di Sara, mentre appoggiò l'altra mano sul suo ginocchio.

- Cosa intendi fare? - domandò bruscamente Sara.

- Lo sai. È da tanto tempo che voglio ... -

- Ma che stai dicendo! - e subito si scostò da lui.

- Sei la mia ragazza! - esclamò Enrico sorpreso.

- Davvero? Come le altre ... *tue ragazze?* -

- Cosa c'entrano loro? - domandò Enrico ancor più sconcertato - Sono solo delle amiche ... -

- Con cui ti alleni come per le partite di basket! - rispose Sara un poco inviperita.

- Ma che hai oggi? Proprio non ti capisco! -

- Forse hai ragione. - disse Sara dopo una pausa - Non hai ancora capito che non sono come le altre. Io non voglio avventure. Cerco un uomo che sia tutto mio, solamente mio e non in condominio! -

Lui abbassò il capo.

- Enrico, - disse Sara cambiando tono - per te provo un grande affetto. Ti voglio bene. Ma non riesco ad accettare di condividerti con le altre ... -

- Ma io sono fatto così! - rispose lui cercando di giustificarsi.

- Mi spiace, però, non fai per me! - esclamò Sara

- Che vuol dire? -

- Vorrei che rimanessimo amici. Soltanto amici. -
Enrico provò un deluso senso di disagio.

Dopo aver rimesso nell'auto quanto rimasto della merenda, anche Cecilia e Marco, decisero di fare una passeggiata nei dintorni.

Osservavano i fiori, facevano a gara nel riconoscerne
i nomi. Scoprirono antiche radici che fuoruscivano dal
terreno in forme contorte e pur artisticamente affasci-
nanti ...

- Cosa farai l'anno prossimo? - domandò Cecilia.

- Sono indeciso se iscrivermi a Lettere moderne o Filosofia, oppure Matematica. -

- Filosofia, matematica ... due discipline opposte fra
loro ... -

- Non tanto, - l'interruppe Marco - in fondo la matematica può essere considerata una specie di filosofia
applicata. -

- A mio parere, la filosofia è materia dell'incertezza:
ciascuno elabora tesi non sempre condivise, se non addirittura contraddette da altre. La matematica, invece è
una scienza esatta, accettata indiscutibilmente da tutti ... -

- Se si tiene conto esclusivamente di quella euclidea! -
Cecilia si mise a ridere.

- Adesso, perché ridi? -

- Mi viene da ridere, pensando che non vorrei avere
per amico ... uno che desse i numeri! -

- A meno che non fossero quelli vincenti al lotto! -
Ora ridevano gioiosamente tutti e due.

- E tu, cosa hai deciso di fare? - domandò Marco.

- Non ci ho ancora pensato. Al momento sono preoccupata per gli esami. -

- Per quello, siamo tutti un po' preoccupati. Però sia tu che io, siamo coscienti d'esserci impegnati nello studio, per cui non dovremmo avere eccessivi timori. -

- L'unica cosa che mi dispiace è che l'anno venturo non saremo compagni di classe, non ci vedremo più tutti i giorni e forse la nostra amicizia ... -

- Veramente - l'interruppe Marco, con voce profonda anche se incerta - vorrei tanto esserti sempre amico ... non solo come compagno di classe ... -

Cecilia sorrise.

- Sapessi quanto desidererei stare insieme a te! - esclamò Marco quasi tremante tanto era accorato.

- Anch'io. - gli sussurrò Cecilia, ponendogli una mano sul braccio.

Sorridendo si guardarono a lungo intensamente. Marco le sfiorò dolcemente il viso con le dita.

- Credo che sarebbe opportuno tornare all'auto. - disse Cecilia a malincuore - Altrimenti mio fratello ... -

- Lo penso anch'io. -

Quando giunsero alla macchina, trovarono Sara ed Enrico ad attenderli.

- Eccovi, finalmente! - esclamò quest'ultimo.

- Speriamo di non trovare molto traffico. - disse Sara.

- Non t'illudere. - commentò seccamente Enrico, domandandosi se per la serata sarebbe riuscito a trovare una ragazza disponibile.

Quattro

Mancava meno di mezz'ora al termine della lezione, quando il professor Visentini estrasse dalla sua vecchia borsa un ammasso di fogli.

- Ho portato i vostri elaborati del mese scorso relativi all'ultimo compito in classe. -

Li fece distribuire, mentre s'elevava un sommesso brusio.

- Professore! Non avete messo il voto! - esclamarono alcuni ragazzi.

- Quanto siete perspicaci! - rispose il professore, strizzando gli occhi - Ma che bravi ragazzi sono questi studenti! -

- Ci sta prendendo in giro? - domandò qualcuno.

- Dipende ... -

- Da cosa? -

- Da come risponderete ad una semplice domanda: perché? - rispose *Strabuzzi* - Perché non ho dato alcun voto? -

I commenti furono piuttosto disordinati.

- Ragazzi. Ragazzi! - ripeté il professore per sedare la confusione - Posso tranquillamente attestare che siete stati dei bravi studenti. E un quattro o un otto dell'ultima ora, non cambia certo la mia opinione. I voti veramente determinanti saranno quelli che saprete ottenere agli esami di licenza, fra poco più di un mese! -

- Infatti, l'argomento stesso del tema assegnato - riprese dopo una breve pausa - mirava a sondare la vostra capacità di ponderare ogni tipo di situazione che vi potrebbe capitare in avvenire. Insomma, l'ultimo compito in classe è stato una specie di preesame di maturità! -

Vi fu un mormorio diffuso che esprimeva sorpresa e disagio.

- Ritengo - intervenne Marco - che forse nessuno di noi abbia intuito le finalità del tema. -

- Infatti, nessuno di voi ha dimostrato d'essere un genio. - affermò il professore - La traccia era volutamente inusuale. Se vi avessi detto che avrei valutato i vostri elaborati anche per considerare la maturità acquisita, avrei creato una tensione tale che forse avrebbe scoraggiato molti di voi. Ho preferito lasciarvi credere che fosse un tema come gli altri, svolti nel corso dell'anno. -

- Non sarà certo così semplice durante gli esami! - riprese dopo una pausa - L'apprensione e il nervosismo tenteranno di avere il sopravvento, mettendovi addosso sollecitazioni mai provate prima. -

I ragazzi provarono un fastidioso senso di inquietudine.

- Non avvilitevi! - esclamò il professore - Ripeto quello che ho detto prima: sono convinto che nel corso dell'anno scolastico vi siate impegnati nello studio. Per cui, non lasciatevi turbare dalla parola "esame". Affrontateli con serena tranquillità, fiduciosi delle vostre capacità. Sono sicuro che sarete promossi. Alla fine ci riuniremo tutti quanti e vi offrirò ... un aperitivo. -

I ragazzi sorrisero, un po' sollevati da quelle parole d'incoraggiamento.

- Perché proprio un aperitivo? - arrischiò qualcuno.

- Di solito, lo si offre all'inizio d'un pranzo formale. - rispose il professore - Dopo gli esami inizierà per voi una nuova fase della vita: l'università, il lavoro, e magari una famiglia tutta vostra ... L'aperitivo sarà dunque il mio augurio per questo vostro nuovo inizio. -

In aula v'era adesso un clima più disteso.

- Ora però dovete rinviare la gloria degli allori futuri. - riprese il professore - Anzi, proprio per ottenere quelli, dovrete intensificare il vostro impegno, non vi pare? -

Tutti concordarono volenterosi.

- Bene. Iniziamo perciò dall'ultimo compito in classe ... -

- Per quanto mi riguarda, - l'interruppe Marco - se questo compito è stato una specie di preesame, devo ritenere di non aver superato la prova! -

- Un punto a tuo vantaggio! - esclamò il professore - Rendersi conto dei propri limiti, infatti, consiglia prudenza nelle valutazioni personali, ma stimola altresì possibilità solutive forse inimmaginabili a prima vista. -

Cecilia si voltò sorridendo verso Marco. Lo vide pensieroso, con la fronte corrugata, attento solo a quanto stava dicendo *Strabuzzi*.

- Nonostante avessi chiesto di evitare - riprese il professore - certi voli di fantasia spicciola, alcuni, pochi, per fortuna, hanno creduto bene di descrivere fantasmagoriche avventure che, se pur vere, non suscitano alcun interesse! A questi procaci maschioni consiglierei d'essere meno superficiali e più attenti invece alle problematiche dell'essere, a prescindere dall'individuale necessità dell'apparire. -

Vi fu qualche sommesso mormorio, a cui il professor Visentini non volle dar seguito.

- Gli altri elaborati mostrano un confuso impegno di idee e di concetti in un marasma di asserzioni, a volte del tutto errate. Senza entrare nel dettaglio, consiglio di approfondire con maggior diligenza le recondite implicazioni che ogni problema, evento o situazione della vita possono divenire determinanti nel quotidiano di ciascuno. -

I ragazzi giravano e voltavano i fogli dei loro temi, mortificati, delusi e quasi disgustati per quanto avevano scritto.

- Comprendo il vostro disappunto. - riprese il professore - Ma non avvilitevi. Non è dipeso del tutto da voi. L'ultimo compito in classe è stato un esperimento ardito cui vi ho voluto sottoporre. -

- Nel quale, però - intervenne qualcuno - non siamo riusciti ... -

- Al contrario. - l'interruppe il professore - Avete espresso in modo adeguato quanto vi suggerivano la vostra esperienza e la vostra intelligenza. E questo è già un buono risultato! -

- Forse, - riprese il professore - lo svolgimento del tema di Comi Marco mostra un impegno più articolato, anche se espresso a volte in maniera ermetica, confusa e con qualche inesattezza.

Infatti, sesso, cervello e cuore esplicano le loro naturali funzioni, non solo fisiologiche, fin dalla nascita di ogni individuo sano. Per cui, anche se il primo sembra prevalere, gli altri due elementi risultano essere altrettanto indispensabili. -

- Il tempo non è sufficiente per analizzare i molteplici aspetti che si potevano indicare nel tema. - riprese il professore, dopo una breve pausa - Però desidererei che riusciste a considerare l'importanza di questi tre elementi che stimolano ed influenzano la vita di ciascuno. Potrebbe essere utile proprio per migliorare la vostra vita, non solo astrattamente, ma il vostro concreto vivere quotidiano. -

L'attenzione degli studenti era massima.

- Innanzitutto, bisogna cercare di essere obiettivi. - riprese il professore - Ma, domando, secondo voi, cosa significa "pensare obiettivamente"?-

Vi furono alcune risposte incerte.

- Bene. - confermò il professore - Dunque, l'obiettività esclude interessi di parte, passioni e sentimenti personali, non ammette le interferenze del sesso e del cuore, per cui "pensare obiettivamente" è una delle prerogative del cervello.

Ma l'individuo non sempre è obiettivo nel suo modo di pensare e di comportarsi, in quanto si lascia influenzare appunto dalle proprie passioni, dai sentimenti, e dagli interessi che intende perseguire e tutelare. In altre parole, sovente ascolta le ragioni del cervello, però fa prevalere la propria curiosità, il senso d'avventura, o il sentimento. Penso che i comportamenti, ovvero le azioni che ne conseguono, possono di volta in volta essere influenzati, specificati e determinati proprio da uno o più di questi elementi.

Forse sembrerò prolisso, ma la vita quotidiana, a prescindere dall'età della persona, diviene il logico effetto di sollecitazioni derivanti dal sesso, e in questo caso diciamo che "si comporta come un bambino"; oppure, dal cuore, in tal caso commentiamo "è un sentimentale"; o anche dal cervello, e affermiamo che "è un individuo maturo". Potremmo constatare addirittura che un ragazzo, in una specifica circostanza appare "maturo", un uomo "sentimentale", un anziano "si comporta come un bambino"... Ma in altre occasioni ed in altre differenti situazioni, è probabile che gli stessi soggetti si comportino in modo differente!

Per cui, scopriamo che sesso, cervello e cuore non collimano necessariamente con le specifiche fasi della vita dell'uomo, bensì si avvicendano per tutto il percorso della stessa. -

Osservò l'orologio. Ormai mancavano pochi minuti alla fine della lezione.

- Ritengo infine, - concluse il professore - che gran parte delle preoccupazioni, delle sofferenze e delle situazioni che ciascuno è costretto ad affrontare quotidianamente, sono proprio il prodotto di comportamenti immaturi dell'individuo, poiché, solo se riesce ad utilizzare in ogni occasione, in ogni circostanza e in ogni situazione, sesso, cervello e cuore nella giusta misura, l'uomo realizza la vera maturità del suo essere. -

- Mi pare alquanto difficile - intervenne Marco - che l'uomo riesca ad avere sempre la consapevolezza delle proprie capacità: se gli viene meno il discernimento, non sarà mai completamente maturo!

- Questo è vero. - rispose il professore - la vita quotidiana infatti non è per nulla semplice, se si ignora l'alchimia di quei tre elementi, che sono stati l'argomento dell'ultimo compito in classe. -

Cinque

Gli studenti dell'ultimo anno del liceo *Gelasio Caetani* decisero di disertare l'ultima decina di giorni di scuola, pur sapendo che i professori sarebbero stati comunque a loro disposizione.

Ciascuno, a modo suo, intendeva dedicare tutto il proprio tempo allo studio personale e alla ripetizione.

Cecilia propose a Marco di studiare insieme, per cui, quest'ultimo si presentò molto presto a casa Siani.

La signora Pina gli comunicò che la figlia si doveva ancora preparare.

- Se vuoi, puoi aspettarla da Enrico. A sentire lui, è sempre pronto, in qualsiasi condizione si trovi ... - disse la madre infastidita.

Era da pasquetta che mancava da casa loro e non potette fare a meno di percepire una certa tensione.

Trovò l'amico ancora in pigiama.

- *Ave Marcus*! - lo salutò l'amico, con un sorriso forzato - *Cui prodest?* -

Marco si guardò intorno: la stanza era più disordinata del solito.

- La servitù scarseggia in questa casa. - rispose l'amico, intuendo il suo disappunto.

- Che succede, hai trascorso una notte brava? -

- Magari ... -

- Mi sembri piuttosto brillo! -

- Chi, io? - rispose Enrico ridendo - No. È solo il residuo della sbornia di ieri sera. -

- Perché? - domandò Marco - Perché ti fai questo? -

L'amico lo guardò in tralice, poi sembrò riprendersi un poco.

- Sai, non sempre è vero che *chiodo schiaccia chiodo*. -

- Che intendi dire? -

- Negli ultimi dieci giorni sono stato con Wilma, Rosa, Frida e altre ancora ... Ma ogni volta c'era sempre qualcosa che mi bloccava ... un pensiero ... un desiderio ... -

Marco non sapeva cosa dire.

- Mi manca. - riprese l'amico, accorato - Mi manca
Sara. Mi manca la sua pacatezza, il suo entusiasmo, il suo
profumo, la sua voce, il suo modo di prendermi in giro ... -
- Forse ti sei accorto d'esserti innamorato ... -
- Non lo so ... Forse ... Ma non capisco ... -
- Cosa? - non era una domanda, ma un invito a parlare.
- Lei stessa ha detto di volermi bene ... non capisco
perché ci siamo lasciati ... -
- Forse la maggior parte delle ragazze ha idee differenti
da noi riguardo a familiarizzare con i ragazzi. - disse Marco, parlando più a se stesso che all'amico - Loro stesse
non lo ammetterebbero mai, ma penso che siano sempre
alla ricerca inconsapevole di una possibile convergenza
d'intenti, per immaginare un eventuale futuro rapporto
stabile e duraturo. -
- Questa è una sciocchezza! - esclamò Enrico - Siamo
ancora giovani! È assurdo pensare fin d'ora di impegnarci
... *per tutta la vita.* -
- Forse Sara ipotizza invece un probabile futuro insieme a te. - Marco si rese conto di affrontare un argomento che lui stesso non poteva conoscere, per cui
cambiò discorso.
- Tempo fa affermasti che il tempo va usato. - riprese
- Ritengo che ciascuno di noi lo utilizzi come può e come
vuole ... -
- Questo vuol essere un rimprovero? - domandò l'amico.
- Tu pensaci. -
- Forse hai ragione ... Ma io sono fatto così ... È possibile che fra una ventina d'anni sarò un uomo che vive ed
ha occhi solo per la propria donna. Ma ora ... -

* * *

- Se sei d'accordo, preferirei studiare in biblioteca. - disse Cecilia appena usciti di casa.

- Per me, va benissimo. - rispose Marco.

- A casa non riesco ad avere la concentrazione necessaria. Mamma mi opprime con la sua petulanza asfissiante, mentre Enrico in questi ultimi tempi è talmente nervoso ed insofferente da sembrare quasi nevrotico! -

- Non l'ho mai visto così! -

- Lui non lo vuole ammettere, ma è Sara che lo ha lasciato. - affermò Cecilia.

Erano giunti alla biblioteca. Scelsero un tavolo ad angolo e cominciarono a studiare, dimenticando tutto il resto.

Si facevano domande reciprocamente, consultavano i testi di scuola qualora le loro risposte parevano poco convincenti, prendevano appunti ... Si applicarono a tal punto da sentirsi infine esausti.

Guardarono l'orologio e si misero a ridere sommessamente: senza che se ne accorgessero, erano trascorse circa quattro ore!

Raccolsero le loro cose e uscirono.

- Però, a me sembra poco chiaro ... - iniziò lei, strada facendo.

- Cecilia, ti prego! - l'interruppe Marco - Altrimenti, comincio a dare i numeri! -

Risero tutti e due.

- Facciamo così: in biblioteca ci dedichiamo esclusivamente allo studio, - propose lui - ma fuori, cerchiamo di pensare ad altro ... Non ci sono solo gli esami! -

- Sono perfettamente d'accordo. - rispose lei sorridendo.

Marco la accompagnò fin sotto casa.

- Ci vediamo questo pomeriggio. -

- Incontriamoci direttamente in biblioteca. - disse Cecilia.

- Come vuoi. - rispose Marco mortificato.

- Cerca di capirmi ... Se mattina e pomeriggio mi vieni a prendere a casa, mamma ed Enrico ... -

- Hai ragione. Però vorrei stare insieme a te non solo per studiare ... -

In quel momento Cecilia lo avrebbe voluto abbracciare.

- Ci incontriamo alla fermata del bus, qui vicino. - propose lei sorridendo.

- Bene. Alle quattro e mezza. -

- Sarò puntuale. -

- Anch'io. - rispose lui, stringendole dolcemente la mano.

E lo furono veramente.

Anzi, facevano a gara a chi arrivasse per primo all'appuntamento.

Era piacevole poi raggiungere la biblioteca, magari con qualche deviazione, per poter prolungare il loro stare insieme.

Studiavano puntigliosamente, in modo particolare quegli argomenti alquanto ostici: li ripetevano a vicenda più volte. E se uno si alterava forse per stanchezza, l'altro sorrideva pazientemente, riproponendo con parole differenti l'argomento in discussione.

Nella sala di lettura ormai si sedevano non più l'uno di fronte all'altra, ma affiancati.

Tra un ripasso e l'altro, parlottavano sottovoce sorridendo, mano nella mano e, quando la sala era vuota, si scambiavano i loro primi baci.

All'imbrunire poi, uscivano dalla biblioteca certamente stanchi di libri e di appunti, ma leggeri, spensierati e allegri. Passeggiavano sul lungotevere chiacchierando, stuzzicandosi, ridendo, sognando possibili programmi futuri ...

Mentre facevano la loro consueta passeggiata prima di tornare a casa per la cena, sentirono chiamare i loro nomi. Si voltarono e videro Sara che li stava raggiungendo.

- Ciao, Sara. - salutò Cecilia.

- Che sorpresa! - esclamò Marco a mo' di saluto.

- Come va? - domandò Sara.

- Ci stiamo preparando per gli esami. - rispose Cecilia.

- Tutti e due, insieme? -

- Certo. - affermò Marco.

- E studiate solamente per gli esami? - domandò Sara, spiritosamente - Ovviamente sto scherzando. Credetemi, per me è una grande gioia vedervi finalmente insieme. -

- E tu, come stai? - domandò Marco, con un certo imbarazzo.

Sara alzò le spalle, come se non intendesse rispondere.

- Si campa, si vivacchia ... si mangia ... si lavora ... nulla di eccezionale! - disse poi, rammaricata.

- Ma come ti senti? - domandò Cecilia, affettuosamente.

- Sola. Come al solito. -

I tre tacquero pensierosi.

- E tuo fratello? - domandò Sara.

- Enrico? Sta dando i numeri! - esclamò Cecilia.

- Veramente, - intervenne Marco - sta attraversando un periodo piuttosto particolare. -

- È irascibile, scontroso e insofferente. - affermò Cecilia.

- Mi dispiace. Ma vi assicuro che non è stata colpa mia se ... -

- Ti capisco, Sara. - la interruppe Cecilia - In un certo senso però, ne stiamo soffrendo un po' tutti noi. -

- Voglio bene ad Enrico, ma ... -

- Dagli tempo. - Marco cercò di confortarla.

- Tu credi? ... fosse vero! -

- Cerca di parlargli! - consigliò Cecilia.

- Pensi che non abbia provato? ... -

- Insisti pazientemente ... Forse ... col tempo ... -

Ormai, mancavano solo tre giorni all'inizio degli esami! Per quanto si ritenevano abbastanza preparati, fra loro si stava insinuando la fastidiosa tensione dell'ultima ora.

Lo stress delle continue ripetizioni a volte li rendeva insofferenti e nervosi.

Ma tra loro si era instaurato un forte afflato d'affetto e una serena comprensione reciproca.

Una sera uscirono dalla biblioteca piuttosto avviliti.

Però Marco cercò di reagire facendo una proposta:

- Ti va un gelato? -

- Perché no? - rispose Cecilia, contenta.

- Quali gusti preferisci? -

- Ananas e banana. -

- A me, cioccolato e crema. -

Marco ordinò un grosso cono con i quattro gusti scelti e lo presentò a Cecilia.

- Come. Un gelato in due? - domandò lei, alquanto sorpresa.

- Il tuo gelato da una parte, il mio dall'altra. - rispose Marco sorridendo - Vedrai che prima o poi ci incontreremo, non ti pare? -

Sorrideva, mentre faceva l'occhiolino.

Un *gelato in due*, che curiosa novità, pensava Cecilia, mentre sorbiva la sua parte di gelato, alternandosi con Marco.

D'un tratto era svanita ogni ansia.

Il loro primo gelato insieme!

Cecilia sperò, anzi ormai ne era certa, che vi sarebbero state tante altre *prime volte* insieme ...

... e sorridevano felici.

SENZA TITOLO

Uno

- Mister Kerry? -

Willy si fermò sorpreso davanti a un tipo piuttosto smilzo, dal vestito dimesso e col cappello sgualcito fra le mani.

- Niente elemosine! - esclamò seccato.

- Non ne cerco. - affermò l'uomo dal portamento vagabondo che pareva essere uscito da uno dei vecchi racconti di Dickens.

- Chi siete? -

- Kurt Halleistein - i suoi occhi infossati mostravano una segreta intelligenza.

- Che volete? -

- Due miliardi di dollari. - affermò il vecchio senza scomporsi.

- Siete pazzo? - domandò Williams Kerry scandalizzato dall'assurda richiesta, per di più proferita da uno sconosciuto in mezzo a una delle strade più caotiche e rumorose di Cincinnati.

- Domanda sbagliata. - insistette quel tipo - quella giusta sarebbe stata: *perché ?* -

Due

Per un tedesco come Kurt Halleistein, Dubai è una città sorprendente, ma egli si mostrava indifferente alle sue attrattive, mentre entrava in uno di quei favolosi alberghi.

Si presentò alla reception con lo stesso vestito sdrucito ed il medesimo cappello di sei mesi prima.

- Devo conferire con mister Kerry Williams. -

Il receptionist lo guardò con evidente distaccato disprezzo.

- Ho un appuntamento. - insistette Kurt.

Dopo attimi di imbarazzata incertezza, ebbe il consenso di accedere al dodicesimo piano.

- Dunque? - domandò Willy.

- I prototipi sono pronti. -

- Quanti? -

- Dieci. -

- La sperimentazione può quindi iniziare - disse Willy - Avete qualche idea per la collocazione? -

Kurt pensieroso si sedette ad una poltrona, mentre l'americano gli porgeva un bicchiere di bourbon.

- Per poter seguire e verificare i risultati dell'esperimento, dovreste scegliere le persone cui affidare l'apparecchio. -

- D'accordo. -

- Comunque, a mio parere, dovrebbero avere una rilevanza significativa ed essere dislocate in zone diverse... -

-Cosa intendete? -

-Che ne so! - esclamò pensoso Kurt - Per esempio, un avvocato di New York, un medico di Johannesburg, un politico di Berlino, un rabbino di Gerusalemme, un imam di Riyahd ... -

- Insomma, personaggi autorevoli sparsi per il mondo. - considerò Willy.

- Infatti. Però penso anche a persone di poco conto. Che so! Un contadino dell'Illinois, un artigiano delle Filippine, un insegnante scandinavo, un commerciante arabo e, perché no, un pensionato europeo. -

- Da parte nostra, potrebbe facilitare l'analisi delle diverse reazioni e degli effetti, in modo da perfezionare il nostro progetto. - considerò Willy - Avremo anche la possibilità di calibrare meglio il sistema centrale. -

- Certo che i costi organizzativi non saranno di poco conto! - esclamò Kurt.

- Questo non è un problema. A proposito, ho già disposto il secondo versamento di cinquecento di milioni dollari sui conti bancari che mi avete indicato. - concluse Willy.

Tre

Erano trascorsi circa due anni dal loro primo incontro, quando Kurt e Willy si ritrovarono a Brasilia.

- I prototipi sono stati perfezionati. - affermò Kurt.

- Bene. Si può quindi passare alla produzione e alla distribuzione del prodotto. - disse soddisfatto Willy - Avete qualche idea? -

- Dipende da cosa intendete realizzare. Se ritenete di voler controllare i *personaggi chiave* di tutto il mondo, penso che un paio di milioni di cellulari siano sufficienti. Se decidete di dominare il mondo, credo che ne occorrano almeno quattro miliardi. -

- Ciò richiede una vasta organizzazione, non solo per produrre e distribuire i nostri cellulari. - considerò Willy pensoso.

- Lo prevedeva già implicitamente la proposta che vi feci a Cincinnati. -

- È vero. Ma allora non immaginavo un impegno di così vasta portata! -

- Intendete ritirarvi? -

- Assolutamente no! È un progetto troppo affascinante, a parte le enormi possibilità di guadagno. - affermò Willy - Piuttosto, mi domando: voi lo usereste un cellulare come questo? -

- L'ho progettato io, perché non lo dovrei usare? - rispose Kurt - È un cellulare come tutti gli altri. Di sicuro, tecnologicamente molto più avanzato: tutte le comuni funzioni, comprese quelle dei super computer, sono ampliate e perfezionate con una rapidità funzionale più che raddoppiata.

Offre l'accesso a tutti i numeri telefonici del mondo, anche quelli segreti o riservati: senza dovere memorizzare alcun numero, cioè non occorre alcuna digitazione, è sufficiente pronunciare un nome e cognome per avere immediatamente il numero relativo. Segnala non solo il numero, ma anche il relativo recapito.

Inoltre, ha una batteria pressoché inesauribile e una precisa ricezione incondizionata fino a ventimila metri d'altezza e cinquecento di profondità: posso telefonare, per esempio, ad una persona che sta scalando l'Everest, o ad uno speleologo intento alle sue ricerche sottoterra. Riceve anche in mezzo all'oceano o dentro un sottomarino, senza subire intoppi o disturbi di alcun tipo. Infatti non presenta problemi di interferenze né di campo.

Fornisce la traduzione simultanea di tutte le lingue del mondo: se, per esempio, a un cinese parlo in tedesco, quello ascolta nella sua lingua, mentre io ricevo in tedesco la sua risposta. Ovviamente, questo vale anche per tutte le forme dialettali: se due persone si parlano esprimendosi ciascuno nel proprio dialetto, si comprenderanno immediatamente ciascuno nel loro dialetto, anche se solo uno dei due usa un nostro cellulare. -

- Certo, è un cellulare molto avanzato. - commentò soddisfatto, Willy.

- Al mio però manca quell'elemento nanoscopico presente in tutti i nostri cellulari in produzione: l'emittente degli impulsi condizionatori, i quali riescono a trasmettere, anche se spento, al nostro sistema centrale il video e il sonoro di ciò che avviene nell'ambiente in cui si trova. In compenso il mio ha un micro segnalatore che mi permette di non rispondere a una chiamata proveniente da un nostro cellulare. -

- Lo capisco bene. - affermò Willy ridendo - Ma è proprio quel particolare che rende diverso i nostri cellulari da ogni altro tipo esistente. -

- Già, non vorrei però che col tempo questo suo ignoto particolare, divenisse un *segreto di Pulcinella* ... -

- Non credo proprio. Il sistema centrale impostato con componenti nano tecnologici, che peraltro al collaudo ha dato ottimi risultati, sarà affidato a due, massimo tre tecnici il cui compito sarà esclusivamente il controllo meccanico degli strumenti. Invece, per gli eventuali interventi interni al sistema, o per possibili aggiornamenti del sistema stesso, opereremo esclusivamente noi. -

- Bene. E ora, come intendete procedere? - domandò Kurt.

- Nella prima fase, dopo una prolungata campagna pubblicitaria sulle qualità innovative del nostro prodotto, lo invieremo come campione di prova, ai vari governi, alle organizzazioni internazionali, a personaggi influenti dei vari settori: economia, sanità, agricoltura, industria ... -

- Insomma, ai *pezzi grossi*. -

- Che potremo coordinare secondo i nostri orientamenti. - proseguì Willy - Questo si intende, in maniera graduale e sempre più incisiva per realizzare i nostri programmi economici e sociali. -

- Sono convinto che avremo risultati molto interessanti. - disse Kurt sorridendo.

- Successivamente, inonderemo il mercato mondiale con la vendita promozionale, magari a cinquanta dollari a pezzo, un costo che ritengo accessibile quasi a tutti. -

- In questo modo, avremo il controllo totale dell'umanità. Solo per il fatto di usare un nostro cellulare, inconsapevolmente ciascuno sarà condizionato a pensare e ad agire secondo i nostri programmi. -

- E noi governeremo il mondo indisturbati. - concluse Willy.

Quattro

Kurt Halleistein, nonostante la sua situazione finanziaria fosse notevolmente migliorata, continuava a vivere nella sua vecchia casa in un sobborgo nella vicinanze di Augsburg.

Era vedovo senza figli, dedicava il suo tempo allo studio, alla ricerca e alla sperimentazione dei progetti che di volta in volta realizzava. Per se stesso, aveva poche pretese, gli unici svaghi erano le lunghe passeggiate, a volte anche notturne, fra i boschi poco lontani. Sovente si recava ad Augsburg da un'amica, ma con lei si tratteneva non più di una notte.

Era un convinto solitario, ma anche un acuto osservatore delle vicende umane e degli eventi sociali, sui quali elaborava teorie che permettessero di migliorare le varie situazioni.

Willy Kerry preferiva vivere nel suo villino nei pressi di Milles Lac, un posto forse desolato, ma sicuramente tranquillo.

Di solito, operava nella sede principale in St. Paul, nel Minnesota, anche se quella legale del suo impero finanziario si trovava a Cincinnati ove si recava di rado.

Era sposato, aveva una figlia ventenne che però viveva a Cincinnati con la madre. Egli infatti non aveva troppo tempo da dedicare alla famiglia. Era sempre impegnato nel suo lavoro, quasi uno stakanovista, lavorava anche sedici ore al giorno.

Con il passar del tempo Willy e Kurt erano diventati amici di lavoro, ed erano gli unici soci della "*MUNDIAL-TEL - W & K*", la nuova società di telefonia mobile che si stava affermando un po' ovunque.

Per realizzare il progetto proposto da Kurt a Cincinnati occorse l'investimento di un notevole capitale che però fu quasi del tutto coperto mediante la stimolazione di impulsi indirizzati a varie istituzioni internazionali per una *presunta* campagna contro i rischi naturali cui erano soggette le popolazioni più povere.

Dei proventi societari, stabilirono che a ciascuno di loro sarebbe spettato il venticinque per cento, mentre il restante cinquanta per cento sarebbe stato impiegato per le spese gestionali, quelle fiscali, per la ricerca tecnico - scientifica, indispensabile all'elaborazione dei diversi programmi condizionatori, e soprattutto, per adeguare gli aggiornamenti relativi a nuovi e diversificati obiettivi.

Avevano stabilito di incontrarsi ogni due, tre mesi, in località sempre diverse. Di solito gli appuntamenti duravano una giornata in modo che ciascuno tornava a casa propria in nottata. A volte però, si intrattenevano per alcuni giorni, magari in una baita d'alta montagna, oppure affittavano qualche villino presso una spiaggia piuttosto riservata.

In tali occasioni, si scambiavano considerazioni su avvenimenti politici, economici e sociali: ciascuno proponeva una propria idea d'intervento che veniva confrontata con quella proposta dall'altro socio e insieme apportavano le opportune modifiche.

Sovente però dovettero riconoscere che sia talune ideologie politiche e finanziarie, e sia le varie usanze e tradizioni locali presentavano un forte intralcio alla realizzazione dei loro progetti.

Per questo, a volte furono quasi costretti a concordare alcune drastiche decisioni, in modo particolare per alcuni governi ed istituzioni le cui effettive finalità erano solo il profitto e l'interesse di fazione, a scapito delle popolazioni più povere.

Il telefono lo usavano solo per stabilire gli incontri successivi: erano convinti infatti, che ogni decisione operativa dovesse essere presa insieme, *guardandosi in faccia*. E, per evitare la tentazione di avviare qualche iniziativa all'insaputa dell'altro socio, ciascuno aveva elaborato un proprio codice segreto con cui "firmava" il progetto concordato, prima di immettere nel sistema stimolatore centrale il programma relativo.

Cinque

Per Willy e Kurt l'incontro al *Pousada de Lisboa Hotel* doveva avere un carattere più programmatico che operativo delle future possibilità interventive.

S'erano resi conto dell'opportunità di stabilire delle priorità ai loro interventi stimolatori. Infatti, per ottenere una migliore efficacia e una più ampia coordinazione degli stessi, era necessario graduare i programmi relativi.

Dopo un rilassante bagno in piscina, si sedettero davanti a un gustoso long-drink.

- Non ti nascondo - iniziò Willy - che, quando proponesti il progetto ebbi l'immediata sensazione di poter moltiplicare il mio business in maniera esponenziale. Se tutto fosse riuscito come tu prospettavi sarei potuto divenire l'uomo più ricco del mondo. -

- A me pare che i risultati finora ottenuti siano soddisfacenti. - commentò Kurt.

- Non lo contesto affatto! - esclamò Willy ridendo - Ma nel frattempo, ho cominciato a fare alcune considerazioni ... -

Sorseggiando la bevanda, Kurt scrutò il socio con vivo interesse.

- In breve tempo potremmo incassare milioni, miliardi! Con questo sistema possiamo arricchirci sempre più. Mi domando però, a che serve accumulare enormi capitali dei quali non abbiamo alcuna necessità? -

- Su questo, concordo perfettamente! - esclamò Kurt

- Lo immaginavo. Quindi, è inutile farlo per denaro: interventi del genere si dovranno effettuare solo in caso di estrema necessità e comunque il più raramente possibile. -

Videro in lontananza navigare un paio di battelli sul Tago. Kurt si domandò quante persone su quei battelli erano in possesso di un MUNDIALTEL.

- D'altra parte - riprese Willy - mi domando se è opportuno effettuare continui interventi su istituzioni pubbliche e su quelle internazionali. -

- Questo sarebbe un voler esercitare un potere politico sui vari governi. - disse Kurt - Sarebbe più semplice eliminarli tutti e creare un unico governo mondiale. -

- Tu credi? -

- Un governo mondiale unico - riprese Kurt - sarebbe certamente meglio gestibile, però ritengo che creerebbe tanta confusione da sconvolgere l'intera umanità.

No, penso piuttosto che ogni nazione debba avere un suo governo che provveda alla propria gente in maniera equa e con giustizia.

Dovremmo fare in modo che tutti i governanti intendano effettivamente realizzare le medesime finalità: il benessere della propria gente, la tutela dell'ambiente, il rispetto e la tolleranza dell'altrui pensiero e dell'altrui credo ... -

- Ma sappiamo che, - lo interruppe Willy - chi fa politica sovente intende tutelare solo i propri interessi e quelli del suo seguito, presentando all'opinione pubblica un programma politico, decantandolo come migliore vessillo per realizzare il benessere della nazione.

Per non citare poi, quelli che vogliono fare politica soltanto per mettersi in mostra, senza averne titolo, né idee, né capacità. Solo pochi sono in buona fede e ritengono di poter proporre un programma concreto per migliorare realmente la vita! Ma sovente questi vengono isolati, emarginati da tutti gli altri. -

- Piuttosto pessimista, ma forse molto vicino al vero. - commentò Kurt - D'altra parte noi non abbiamo alcun interesse di metterci in mostra! -

- Infatti. E allora che fare? Vogliamo forse essere i dominatori del mondo? - domandò Willy, più a se stesso - Non riesco a calcolare l'enormità di interventi che dovremmo effettuare per influire su ciascun individuo e sulle sue decisioni ... -

- Mi pare eccessivo. - lo interruppe Kurt ridendo - E se vogliamo, anche ridicolo.

Te lo immagini se dovessimo essere noi a decidere per esempio, chi deve lavorare la terra e chi invece nell'industria? Chi la sera deve andare a teatro e chi invece in discoteca, chi si deve sposare e chi deve rimanere single?

È vero - riprese dopo una pausa - che abbiamo la possibilità di elaborare programmi stimolatori alquanto mirati per risolvere problematiche specifiche, ma intervenire su ogni avvenimento individuale non ci farà certo dominatori del mondo, non sarebbe di certo un metodo valido di esercitare il potere, ma diverrebbe una nostra assurda prepotenza quotidiana su ciascun individuo e sull'intera società umana. Scusa, ma mi rifiuto di essere l'artefice di un programma del genere! -

- E anche io, te lo assicuro. - Affermò Willy - Per cui, il nostro sarà un lavoro che non mira al denaro, né al potere, né tantomeno al dominio del mondo.-

- Dovremmo limitarci a elaborare interventi stimolatori che abbiano finalità, come dire ... umanitarie ... -

- Un po' d'idealismo non guasta! - esclamò Willy sorridendo.

Si avvicinò una bionda cameriera e li informò con un sorriso che il ristorante era aperto. Willy e Kurt si avviarono per il pranzo serale.

Quella notte dormirono ben poco. Ciascuno nella propria suite era impegnato ad elaborare piani, che in definitiva avrebbero determinato le reali finalità del loro lavoro futuro.

Il mattino successivo, fecero la prima abbondante colazione. Poi, con calma, decisero per una passeggiata verso le colline intorno alla città.

- Ho ripensato a quanto abbiamo discusso ieri sera. - disse Kurt - Ritenere di poter istaurare un sistema politico perfetto, è un'utopia: nessuna forma di governo riuscirà mai a soddisfare tutte le necessità della gente. Non dobbiamo dimenticare che i destinatari dei nostri possibili interventi non sono strumenti o macchine, ma persone che, in definitiva, agiscono e reagiscono secondo la loro imprevedibile indole e formazione culturale e sociale. -

- Ne sono perfettamente convinto. - affermò Willy - In merito, ritengo che dovremo dirigere il nostro lavoro solo verso quelle situazioni marcatamente anomale: interessi di parte eccessivamente conclamati; oppressione delle minoranze, dei poveri, dei deboli e degli emarginati; ingiustificate espansioni territoriali e finanziarie a danno del benessere comune.

Dovremo intervenire, sia a livello sociale e politico, e sia a quello individuale, affinché ogni persona possa riconoscersi ed essere soddisfatta del proprio ruolo di cittadino attivo e fattivo: l'istruzione e il lavoro dovrebbero essere garantiti a tutti, secondo la predisposizione e le attitudini di ciascuno, senza alcuna discriminazione, soprattutto per le minoranze etniche che dovrebbero essere meglio tutelate e valorizzate. -

- Un altro nostro impegno - intervenne Kurt - dovrà essere quello di limitare il più possibile la corruzione, diffusa ovunque nel mondo, e che a volte è anche causa di violente manifestazioni aggressive e criminali. -

- Una campagna contro la criminalità? - domandò a se stesso Willy - Un'operazione piuttosto complessa ... -

- Dipende da come dobbiamo considerare il *crimine*.

Se un individuo ruba del pane per sfamare i propri figli, certamente commette un crimine. Ma, mi domando, se avesse avuto la possibilità di acquistare quel pane? Forse non avrebbe neppure preso in considerazione la possibilità di rubare!

- Penso - riprese dopo una pausa - che dovremo intervenire preferibilmente verso quegli individui caratterialmente criminali. -

- Caratterialmente? - domandò Willy

- Coloro che per propria indole, carattere e propensione, sono subconsciamente aggressivi, violenti e propensi ad azioni criminali. -

- Bella definizione. Ma non credo che gli *psicosociologi* siano d'accordo con te! - esclamò Willy sorridendo, mentre Kurt alzò le spalle a quella osservazione.

- Peraltro, - riprese quest'ultimo - ritengo che dovremmo considerare criminali anche quelle manifestazioni di violenza e di sopraffazione ideologiche e settoriali.

Penso, infatti che, se non recano danno e offesa agli altri, ognuno abbia diritto di professare liberamente e senza alcun timore le proprie idee, la propria fede e le proprie tradizioni. -

- Dovremo intervenire quindi a livello individuale, sociale e politico per stimolare un'equa tolleranza di pensiero, di culto religioso e filosofico, e delle usanze locali, in modo da salvaguardare la parte migliore del senso storico, culturale e morale di ciascuna nazione. -

- E questo, sia in ambito familiare, sia in quello sociale. - aggiunse Kurt - Potrebbero così diminuire, almeno in parte le tensioni, i litigi e le guerre tra i popoli.

Secondo me, dovrebbe essere una delle priorità da realizzare. E noi abbiamo la capacità di intervenire mediante il nostro sistema stimolatore centrale.

D'altra parte, l'uomo, ogni uomo ha diritto di vivere con serena dignità, non solo occupazionale e sociale, ma soprattutto essere consapevole che ciascuno deve avere la possibilità di curare la propria salute, la propria alimentazione, e l'igiene fisico mentale. Nessuno dovrebbe essere discriminato solo perché vive in altre latitudini. -

- Ed è in questo - intervenne Willy - che noi dovremo operare: stimolare l'individuo, le famiglie, la società e possibilmente le nazioni del mondo, affinché ciascuno collabori a migliorare il proprio vivere, aiutando a risanare la vita anche degli altri. -

- Al di là del valore intrinseco dell'uomo, dobbiamo considerare l'ambiente naturale in cui egli vive: è indispensabile cercare soluzioni che siano in grado di tutelare la natura e le sue risorse.

Infatti, queste sono l'unico vero patrimonio di tutta l'umanità, per cui non possono e non devono essere utilizzate solamente da una parte di essa. -

- Sono perfettamente d'accordo! Dovremo elaborare un programma contro lo spreco alimentare, idrico e delle risorse che la natura produce per la sopravvivenza della specie umana. -

- Se queste sono le nostre finalità, - concluse Kurt - abbiamo ancora molto lavoro da fare. -

Sei

In circa dieci anni di infaticabile lavoro, la società "*MUNDIALTEL - W & K*" era riuscita a coprire gran parte del pianeta con il suo prodotto, perfezionandolo sempre più.

Se all'inizio si collegava senza problemi a linee telefoniche predeterminate, ora risultava svincolata, libera di captare immediatamente qualsiasi segnale, e ciò conferiva una migliore versatilità delle prestazioni e una maggiore tutela della segretezza del prodotto stesso.

Anche la capacità di intervento era notevolmente migliorata. Il sistema centrale era ormai più flessibile alle differenti necessità operative: poteva essere perfettamente selezionabile per settori, categorie e aree geografiche o per la diffusione di specifici impulsi stimolatori. Ora riusciva perfino a diffonderli con una incisività tale anche a singoli individui, o viceversa, indistintamente a gruppi di essi.

Gli esiti, dunque, risultavano soddisfacenti.

Però gli effetti non sempre erano adeguati alle aspettative. Anche se era innegabile il miglioramento della qualità della vita, e l'ambiente sociale appariva più ordinato, le risorse naturali meglio distribuite e maggiormente tutelate. Eppure vi erano ancora miserie, tensioni, litigi e crimini, seppure con una virulenza minore in confronto al passato.

Di ciò, Willy e Kurt cercarono di individuarne le cause.

Probabilmente le risposte agli impulsi stimolatori si realizzavano in maniera discordante a causa delle differenti capacità o possibilità reattive individuali e sociali.

Forse era endemico nella natura umana anche quel senso inconscio di insoddisfazione e di malcontento. Oppure, il motivo poteva individuarsi nell'inesplicabile necessità di un dualismo istintivo, quasi connaturato nell'essere umano, avvalorando così il detto popolare che *"ogni medaglia ha il suo rovescio"*.

Lo dovettero costatare in più occasioni, specialmente negli ultimi anni, tanto che, prima di immettere nel sistema centrale un qualsiasi nuovo programma stimolatore, i due soci cercavano di individuare i possibili effetti e le eventuali reazioni non adeguate alle finalità del programma medesimo.

Sette

A Zug in Svizzera, sulle rive dell'omonimo lago, Willy e Kurt s'incontrarono, dopo che quest'ultimo s'era ripreso da una malattia alquanto dolorosa.

Per Willy questo non voleva essere un incontro di lavoro, bensì una semplice dimostrazione di affettuosa vicinanza all'amico. E quando lo vide si impressionò, non tanto per il dimagrimento di Kurt, quanto per una certa sua rigidità fisica.

- Sarebbe interessante riuscire a frenare l'avanzare dell'età ... -

- Una specie d'elisir di eterna giovinezza? - lo interruppe Kurt - un mito agognato da oltre un millennio! -

- Eppure, sarebbe molto affascinante se lo si potesse realizzare. Il mondo sarebbe popolato da un'umanità sempre giovane, tutti avrebbero non solo l'aspetto, ma la necessaria tonicità fisica e mentale, la forza e il coraggio di avventura dei venti/trenta anni. Ma, cosa più importante, vi sarebbe una sensibile riduzione di numerose malattie e di tante sofferenze. -

- Sarebbe veramente meraviglioso! - esclamò Kurt.

- Perché dunque non tentare almeno di elaborare un progetto del genere? - domandò Willy.

- Però dovremmo considerare anche il *rovescio della medaglia*. - osservò Kurt con un sorriso appena accennato.

- Ipotizziamo pure - riprese - di riuscire a realizzare un programma *ad hoc*, mi domando quali potrebbero essere le conseguenze sulla gente? Ciascun individuo dell'intera umanità infatti, manifesterebbe le esigenze proprie dei ventenni/trentenni, e soprattutto, avrebbe l'effettiva capacità di realizzare le proprie necessità. -

- E non sarebbe piacevole fare l'amore e non la guerra? -

- Certo. Sarebbe anche molto più appagante. - affermò Kurt - Però, miliardi di individui non avrebbero alcuna possibilità di espletare un'attività lavorativa tale da garantire il proprio sostentamento! Inoltre, se attualmente questo nostro pianeta riesce con difficoltà a soddisfare le necessità vitali di circa sette miliardi di individui, cosa succederebbe invece se fossimo il triplo? -

La domanda sembrava librare come una nube grigia nella fresca aria lacustre.

- È probabile che potrebbero diminuire le malattie, - riprese Kurt - ma non le sofferenze: la fame, la sete, la mancata occupazione lavorativa, provocherebbero nuove stragi, guerre, epurazioni, forse aumenterebbe anche la criminalità ... No, l'idea dell'eterna giovinezza è solo un mito. E tale deve rimanere. -

Nelle vicinanze trovarono una piccola, ma accogliente trattoria.

E, mentre consumavano la seconda colazione di tipo casareccio, Willy e Kurt conversavano delle loro personali preoccupazioni.

- A seguito della mia malattia e durante la convalescenza - disse Kurt - ho cominciato a considerare l'opportunità di risposarmi. -

- Ne hai parlato con quella tua amica? -

- No. Almeno non ancora. - rispose soprapensiero Kurt - Rhoda è una donna meravigliosa, paziente, generosa e molto disponibile. Durante la degenza in clinica e il successivo periodo di riabilitazione, mi ha assistito ogni giorno con una tale amorevole cura da farmi sentire a volte quasi imbarazzato. Però, la conosco molto bene, lei desidera mantenere la propria indipendenza. -

- Non credi che quel suo costante assisterti possa essere un segnale? Forse sarebbe disposta a rinunziare all'indipendenza, pur di stare con te. -

- Forse. - rispose Kurt sopra pensiero - Ma, se invece rifiutasse la mia proposta di matrimonio?... Sarebbe la fine del nostro lungo rapporto. Ed io non me la sento di rinunziare a lei! - esclamò mortificato.

- Vorrei tanto vedervi sereni tutti e due. Pensaci. Trova il modo opportuno, le parole adatte per il suo assenso, e, soprattutto rendila felice. -

L'amico sorrise lievemente, grato dell'incoraggiamento.

- Anch'io ho qualche preoccupazione. - riprese Willy - Mia figlia Allison è da qualche tempo fidanzata e pare che ora voglia sposarsi. -

- Questa è una bellissima notizia, se i due si amano. Non capisco le tue preoccupazioni! -

- In effetti non conosco personalmente il giovane. Mia figlia con me è molto riservata: pare che non perdoni le mie assenze nella sua vita. Però mia moglie, la quale lo ha conosciuto, afferma che sia un bravo ragazzo. - disse Willy - Mi domando tuttavia cosa significhi essere un *"bravo ragazzo"*. -

- Un ragazzo che non ha mai volontariamente fatto del male a nessuno. - lo interruppe Kurt - ma pure, che non ha mai fatto del bene ad alcuno!

- Già! - esclamò Willy pensieroso.

- Prova a parlargli. Cerca di capire che tipo è. Quali sono le sue prospettive e soprattutto, quali le sue intenzioni ... -

- No. Lascia perdere! - riprese dopo un ripensamento - Non ne ricaveresti molto da un colloquio del genere. Se è veramente innamorato di tua figlia ... -

- Appunto! Non vorrei che fosse innamorato del suo denaro. - lo interruppe Willy - Tu sai che sono a capo di un impero finanziario non indifferente, e mia moglie è di famiglia molto ricca. Già da tempo abbiamo assegnato a Allison una buona fetta dei nostri patrimoni. Per questo, non vorrei che lui fosse attratto più dal suo denaro che dalla sua bellezza. -

- Capisco. Però se tua figlia è innamorata a tal punto da volerlo sposare, penso che dovresti parlare con lei. Farle capire che il matrimonio esige la *reciproca* assunzione di responsabilità che va ben oltre alla temporanea simpatia, all'amore e alla soddisfazione della propria sensualità. Però, non parlare dei tuoi dubbi riguardo al suo ragazzo: si chiuderebbe in se stessa e si sentirebbe in dovere di difenderlo! -

Willy era impensierito.

- Scusami se parlo così. - riprese Kurt, un poco affan-
nato - Sai che dal mio matrimonio non avuto figli, per cui
non ho alcuna esperienza sull'argomento. -

- A quanto pare, chi per un motivo chi per un altro,
tutti e due abbiamo di che pensare. - commentò Willy, il
quale, accortosi dei sintomi di appannamento dell'amico,
propose un paio d'ore di riposo, dopo la frugale colazione.

Ma Kurt preferiva anticipare il suo ritorno ad Augsburg.

Otto

Erano trascorsi circa sei mesi dall'ultima volta, quando
si incontrarono nelle vicinanze di Canberra, in Australia.

La villa era al centro di un vasto giardino, circondato
da alberi maestosi, sussurranti alla brezza mattutina.

- Non puoi immaginare - disse Willy con un sorriso
sincero - la mia gioia per il tuo matrimonio. -

- Rhoda ed io ti siamo grati del tuo regalo. - rispose
Kurt, abbracciando l'amico - Venti milioni di dollari ...
E' pazzesco! -

- Ormai ti conosco: per te stesso non desideri altro se
non ciò che ti è necessario. Ed è per questo che ho pensato di intestare a tua moglie quella mia dimostrazione
di affetto e di augurio per voi. -

- Rhoda ha deciso di destinare quel denaro ai figli che
adotteremo e a famiglie numerose che si trovano in grave
disagio economico -

- E tu? -

- Sono perfettamente d'accordo con lei: investire nel
futuro dei giovani è sempre una saggia decisione! -

- Ma, sei contento? -

- Mister Kerry Williams - rispose Kurt con tono sostenuto, ma con un sorriso radioso - sono, anzi, siamo meravigliosamente felici insieme! -

Passeggiavano per quei sentieri a volte un po' tortuosi del giardino.

- E tua figlia? - domandò Kurt.

- Si sposa fra tre mesi. -

- Ma tu ... -

- Sono venuto a conoscenza, ovviamente per vie indirette, - lo interruppe Willy - che Christian, questo è il nome del fidanzato di Allison, è un giovane avvocato serio e competente che lavora settanta ore la settimana presso un piccolo, ma promettente studio legale di Cincinnati. -

- Ciò è confortante, se non ha eccessive ambizioni arriviste! -

- Sembra di no. Infatti, dedica gran parte del tempo libero in un'attività per conto suo ... fa l'avvocato di strada ... -

- L' avvocato di strada? - Domandò incuriosito Kurt.

- Assiste gratuitamente la povera gente ... -

- A quanto pare, è molto più di un *bravo ragazzo*! -

- Certamente. - Affermò Willy sorridendo - E vuoi sapere come l'ho conosciuto, cioè, come è avvenuto il nostro primo incontro? -

- Sono tutto orecchi! -

- È stata un circostanza fortuita. - iniziò Willy - Per un problema con una delle mie consociate, il mese scorso mi trovavo a Cincinnati, senza che nessuno sapesse della mia presenza. Quando per strada incontrai mia figlia col fidanzato.

Allison ci presentò con molta naturalezza e m'invitò ad accompagnarli per certi loro acquisti.

Invero, mi sentii a disagio. Ma lui disse semplicemente "La prego, venga con noi. Lei ha molta più esperienza e potrebbe consigliarci." Lo guardai negli occhi: aveva uno sguardo schietto, quasi fanciullesco. Non seppi rifiutare.

Dopo un paio d'ore insieme, mi parve naturale invitarli a colazione. Accettarono con entusiasmo, per cui andammo all'*Orchids at Dalm Court*, uno dei migliori ristoranti di Cincinnati.

Allison si dovette allontanare per fare alcune telefonate e, in attesa del suo ritorno, io e Christian ci trattenemmo al bar del ristorante per un aperitivo.

"Mister Kerry, amo con tutta l'anima Allison, ma penso che lei voglia conoscerne il motivo. - iniziò Chris - È una bellissima ragazza. È ricca, e so che i genitori sono miliardari. Ma non l'amo per questo.

La prego di comprendere, personalmente lavoro presso i legali Volgers & Frishan. Nel contempo, mi sto impegnando per superare gli esami e ottenere la qualifica di procuratore. Molto probabilmente quanto prima diverrò uno degli associati dello studio legale. Ciò mi consente di migliorare economicamente il mio modesto tenore di vita. Questa è l'unica garanzia che posso dare di me stesso.

Però, dedico molte ore della giornata ad aiutare il prossimo. Un impegno faticoso e, a volte anche molto rischioso, però affascinante. E provo un'intensa soddisfazione quando riesco ad assistere la povera gente, magari senza lavoro, senza casa, senza speranza, ma con tanti problemi che producono una tormentosa sofferenza e mortificano i loro diritti e la loro dignità!

Ecco perché amo Allison. Ha tante meravigliose qualità e insieme abbiamo una sorprendente affinità caratteriale e d'intenti, ma soprattutto ha un'intima sensibilità e una notevole capacità di immedesimarsi nelle situazioni drammatiche di gente tanto povera da essere emarginata da ogni possibilità di riscatto, non solo economico. Come me, sua figlia si indigna, soffre e desidera profondamente aiutare a porre rimedio in modo concreto alle ingiustizie, alle oppressioni e alle umiliazioni che troppe persone subiscono silenziosamente. In alcuni casi, Allison avrebbe voluto dare un suo contributo economico. Ma le ho spiegato che offrire il proprio pane all'affamato, è un'elemosina insufficiente e forse anche controproducente. Occorre indicare i mezzi, gli strumenti, gli orientamenti opportuni, affinché ciascuno possa guadagnare il proprio pane. E mi creda, intorno a noi c'è tanta fame di giustizia e di dignità!

Nella mia posizione, sono certamente un privilegiato, anche se non sono ricco, e per questo mi sento sempre un debitore cronico nei confronti di tanta miseria. Per quel che posso, metto a loro disposizione, nella maniera più efficace possibile, le mie capacità professionali."

Certo che, un *biglietto da visita* del genere, - concluse Willy - ha notevolmente elevato la mia stima nei suoi confronti, ma non ti nascondo che nel contempo ho provato un forte disagio nel dargli una risposta. Per mia buona sorte, proprio in quel momento è tornata Allison, così siamo andati a colazione. -

Per un po' Willy e Kurt continuarono a passeggiare in silenzio.

- È sorprendere però! - esclamò poi Kurt - Noi due ci preoccupiamo tanto di limitare le sventure materiali, culturali e sociali dell'umanità mediante i nostri laboriosi interventi stimolatori, mentre ignoriamo, o forse dimentichiamo che tanta gente ha anch'essa il medesimo desiderio, la volontà e magari anche la capacità di migliorare le condizioni di vita di chi li circonda. -

- E riesce a farlo spontaneamente, senza tanti sofisticati strumenti tecnologici! -

- Mi sembri pensieroso. Qualche altro problema familiare? -

- Riguardo ad Allison e Chris? No. - rispose Willy - Come tutte le coppie, dovranno certamente affrontare varie situazioni non facili, né liete. Ma sono convinto che insieme sapranno superare sempre i momenti critici della loro vita. -

- E allora? -

Raggiunsero un rustico ma confortevole gazebo, circondato dai colori e dai profumi delle varie specie di fiori di quel bellissimo giardino, si poteva anche ascoltare una musica, quasi un concerto sconosciuto, da parte di centinaia d'uccelli svolazzanti in una enorme voliera situata lì vicino.

Dal minibar si servirono di bibite e di freschi dolcetti locali.

- Da vari mesi - iniziò Willy - mi frullavano per la testa alcune perplessità, che di solito scacciavo dalla mente. Però, dopo aver conosciuto Chris, in quest'ultimo mese certi dubbi mi si ripresentavano con insistenza obbligandomi a pensare, a farmi domande, a cercare risposte ... -

Fece una pausa. Kurt comprese che l'amico voleva esternare spontaneamente le sue intime preoccupazioni, per cui attese senza sollecitarlo a parlare.

- Da circa dieci anni - riprese Willy - col nostro lavoro tentiamo di influire sulla gente per migliorare le condizioni della loro vita. E questo lo facciamo con sofisticati apparati tecnologici. Ma, mi domando se sia opportuna questa nostra attività ... -

- Certamente. - affermò Kurt - Infatti, impegnarsi per il bene comune è sempre giusto. Ed è questo che cerchiamo di fare! È vero che a volte i risultati non sono adeguati alle attese, ma almeno, noi ci proviamo. -

- Sì, ci proviamo, però ci serviamo di un sistema stimolatore centrale, cioè di uno strumento tecnico che fin dall'inizio abbiamo deciso di tenere assolutamente segreto ... -

- Solo per evitare che la concorrenza industriale se ne impossessasse. - lo interruppe Kurt.

- E ti pare onesto? - domandò Willy.

- Ogni azienda ha il diritto di tutelare i propri prodotti, specie se questi hanno specifiche finalità umanitarie.

Del resto, immagina se qualcuno s'impossessasse del nostro sistema stimolatore e lo utilizzasse solamente per lucro o per esercitare un potere personale di dubbia validità morale ... quello sì che sarebbe disonesto. - Dopo una pausa, riprese - E ti dico di più: noi stessi siamo onesti nel nostro lavoro. Infatti non approfittiamo certo dei proventi societari per arricchirci a dismisura, ma ci accontentiamo di uno stipendio da operai altamente specializzati, e in definitiva, lo siamo.

All'inizio fu stabilito che a ciascuno di noi due sarebbe spettato il venticinque per cento dei proventi societari. Una norma che applicammo solo nei primi due anni, ma che poi fu tacitamente abolita. No, amico mio, non mi sento un disonesto né personalmente, né per il lavoro che faccio! -

- Ma col nostro sistema stimolatore - obiettò Willy - Noi non proponiamo le nostre idee, le imponiamo alla gente ... e questo non ti pare che sia una brutale prepotenza, anche se lo facciamo per migliorare il loro tenore di vita?

Nemmeno il Padreterno ha voluto imporre la sua volontà all'uomo: lo ha lasciato libero di scegliere e di decidere del proprio esistere. Chi siamo dunque noi per imporre le nostre idee agli altri e soffocare la libertà dell'uomo? -

- Non mi ero mai posto questo tipo di problema *morale*! - Esclamò pensieroso Kurt - Ma, se esiste il problema, dobbiamo risolverlo. -

- Ritengo - riprese dopo una pausa - che vi siano tre possibili soluzioni.

Potremmo semplicemente non programmare alcun nostro interveto stimolatore, lasciando il sistema così come è.

La seconda ipotesi, potrebbe essere quella di intervenire sul sistema centrale, eliminando tutti i nano elementi stimolatori, per escludere in ogni caso un nostro eventuale intervento.

La terza soluzione sarebbe quella più drastica: l'eliminazione del sistema centrale.

La "MUNDIALTEL" diverrebbe così una società di telefonia mobile come tutte le altre, offrendo comunque un prodotto molto più avanzato. -

- Ritengo che dovremmo attuare quest'ultima soluzione, anche se, forse, sarebbe la fine della nostra società! - esclamò Willy perplesso.

- Nient'affatto. - rispose Kurt sorridendo - Saremo sempre soci e spero, soprattutto amici. Ho già allo studio alcuni progetti che potremmo realizzare insieme. Ma te ne parlerò quando avrò sperimentato la loro funzionalità. -

- Il mondo - concluse Willy soprapensiero - forse tornerà ad essere quello che è sempre stato: sereno e dolente, pacifico e litigioso, benestante e miserabile, brutale e caoticamente meraviglioso.-

STELLA E BOB

Uno

Stella

Rabbia, dolore o nervosismo?

Non lo sapeva neppure lei. Comunque era agitata, questo sì!

Suonò il citofono.

- Chi è? - Domandò.

- Mamma siamo noi. - risposero i gemelli.

Premette il pulsante elettrico che apriva il portone e socchiuse l'uscio in modo che i figli entrassero senza scampanellare.

Si guardò intorno. Scorse la sacca che le avevano consegnato.

"No. Questa roba - pensò - non la devono vedere!"

La prese ed in fretta la nascose sotto tante cose inutili nello sgabuzzino delle cianfrusaglie.

Infine, si sedette in una delle poltrone del salotto, proprio quando Gustavo e Silvia stavano entrando in casa.

- Ciao, ma' - i figli salutarono, mentre portavano i libri di scuola direttamente nelle loro camere.

- Mamma dove sei? - domandarono, non vedendola.

- Ragazzi, sono in salotto - rispose lei - venite qui, sedetevi. Vi devo parlare. -

La raggiunsero in salotto, e subito notarono la strana espressione sul volto della madre. Preoccupati, si guardarono fra loro e attesero in un silenzio appesantito dalla tensione sempre più greve.

- Non so come dirvelo! - Esclamò Stella, incerta.

- Cosa è successo? - domandò Silvia timorosa.

- Mamma ti prego ... - la esortò Gustavo.

- Due mesi fa in un ospedale di Milano è morto vostro padre.

L'aveva detto. In modo brutale, ma l'aveva detto, finalmente. Stella sentì dissolversi l'enorme peso che l'opprimeva da quando quella mattina i due carabinieri le avevano dato la notizia.

Un lungo gelido silenzio cadde fra loro. Ciascuno a testa bassa cercava di assimilare la novità.

- Dunque, la bestia è crepata! - Esclamò infine Gustavo, quasi parlando a se stesso.

- Gus! - Silvia lo riprese quasi irritata. Ma lui le lanciò uno sguardo pieno di rancore.

- Era anche tuo padre. - Intervenne Stella.

- Padre? Chi quello? - apostrofò sia la madre che la sorella - Un animale, era. Altro che padre! Accidenti a lui! Ci ha fatto soffrire, ci ha fatto tremare. Per mesi ha fatto piangere la mamma giorno e notte! Ci ha abbandonati come fossimo noi le bestie! Ed ora, dopo quasi un anno, ecco che torna a tormentarci ancora, con la sua morte! -

Due

In circa un anno dalla sua assenza, Stella, Gustavo e Silvia erano riusciti a trovare un reciproco equilibrio che aveva permesso loro una parvenza di serenità familiare, con la silenziosa amorevole complicità di tutti e tre.

Ora, la notizia della morte li sconvolgeva. Non tanto per Bob, quanto per le ferite che dentro di loro si erano ferocemente riaperte.

Tornarono alla mente le immagini tremende, le parole furibonde, le mortificazioni sbraitate, le attese paurose, le scene terrorizzanti.

Ciascuno evocava i propri démoni che con impegno faticoso erano riusciti a scacciare, credendo di averne vinto il loro orribile potere. Ma adesso erano riemersi dalla loro memoria con immagini nitide, quasi fosse un film dell'orrore, proiettato volutamente al rallentatore ...

In principio Stella aveva notato con apprensione che suo marito, Roberto, familiarmente chiamato Bob, stava divenendo sempre più taciturno e scontroso.

Se prima era sorridente, allegro, pronto ad inventarsi battute che facessero ridere, ora la sua faccia era un'immagine fredda, dura di sconfortante inespressività. E tutti e tre soffrivano per la mancanza dei suoi piccoli gesti di quotidiana affettuosità, una carezza, un complice sorriso, una parola amabile, che rincuoravano e rassicuravano sempre Stella e i gemelli.

Pur presente, con i figli, ora pareva vacuo e distante. Non parlava: monosillabava, quasi insofferente, alle loro chiacchiere, agli scherzi, alle loro battute a volte un po' audaci.

Guardava lei e i gemelli non più con quel suo caratteristico sguardo, sempre limpido che da solo esprimeva la gioia e il suo profondo amore per loro. Ora i suoi occhi erano opachi, assenti, lontani, diffidenti...

Sovente in quel periodo, Stella gli domandava preoccupata se stesse bene, se avvertisse qualche disturbo, o

se avesse qualche problema ... Ma Bob negava sempre, diceva che si sentiva solamente stanco.
E se lei insisteva, lui diventava sgarbato, a volte anche irascibile.

Poi cominciarono la contestazioni, sempre ingiustificate, e i litigi sempre più furiosi.

Ogni volta se la prendeva con la moglie. Stella ricordava mortificata che quasi tutti i giorni Bob mugugnava, se non strillava addirittura: la camicia era stirata male, anche quando era perfetta, come sempre! A volte la stropicciava per poi buttarla a terra per calpestarla con le sue scarpe ... Lei era sempre stata ossessionata per la pulizia del bagno, e ora lui sbraitava ch'era sporco, anche se profumava ... per non parlare del pranzo e della cena: la porzione era scarsa, e lui accusava che lo volevano far morire di fame, oppure, se era abbondante, certamente era per farlo ingrassare fino a scoppiare. La qualità del cibo poi, era sempre scadente: gli ingredienti disgustosi ... insomma, a lui nulla andava bene! Accusava la moglie di farlo irritare di proposito!

L'abbigliamento dei figli poi, era addirittura scandaloso! Cos'erano quelle *cose* che indossava Silvia? Facevano schifo! La figlia cercava di ricordargli che i vestiti erano stati acquistati nei negozi di alta moda, i migliori della città ... e subito lui strepitava che non lo interessava dove venivano comprati: erano indecenti, punto e basta. Una sera Silvia doveva andare alla festa di compleanno di una sua amica. Indossò un meraviglioso vestito di seta, lungo fino alle caviglie.

- Dove credi di andare con quella porcheria addosso?
- L'apostrofò il padre arcigno.

- Ma papà, è un vestito elegante! - Cercò di insistere la figlia.

- Non dire cretinate - urlò lui - non sai neppure dov'è di casa l'eleganza! -

- Me lo hai regalato tu ... -

- Ecco, lo sapevo! Adesso la colpa è mia se sembri una di quelle ...-

E come sempre, finiva andandosene in salotto sbattendo la porta.

Anche Gustavo subiva gli ingiustificati rimproveri del padre, per il modo di parlare, di muoversi, di vestire. Era insopportabile assistere ogni giorno a scenate che avvilivano la mamma, la sorella e lui stesso.

Se ne sarebbe andato di casa, sì lo avrebbe fatto! Ma più di una volta aveva scorto la madre piangere di nascosto e Silvia tremare in presenza del padre. E questo gli faceva ancora più male. Non le poteva abbandonare alla mercé di quella bestia!

Ogni volta che cercava di intervenire, il padre lo assaliva con una violenza verbale inaudita, lo accusava di mancanza di rispetto, di assenza del senso del dovere, di inettitudine di indifferenza ...

Riuscivano ad avere un poco di tranquillità solo quando lui era fuori casa. Ma anche quei momenti erano turbati non dalla paura, ma dal terrore di quello che sarebbe successo al suo rientro, nonostante s'industriassero per evitare che parole o azioni lo facessero infuriare ancor più.

Infine, una sera il padre dichiarò che non avrebbe mai più messo piede in quella casa e se ne andò sbattendo furiosamente l'uscio.

Tre

Era verso la fine di marzo dell'anno precedente, quando Bob se ne era andato di casa.

Nei primi giorni Stella e i gemelli avvertivano sempre ansia, timore, nervosismo.

Poco a poco, l'esperienza di quel mese e mezzo di tormenti li aveva resi più sensibili alla reciproca necessità di affetto, rivelando una tenera complicità che li univa sempre più l'uno all'altro. L'amore familiare s'era rafforzato.

Cominciarono di nuovo a sorridere, ripresero a scherzare, a ridere ...

Silvia e Gustavo ripresero a studiare con il consueto impegno e nel contempo complottavano fra loro per coinvolgere la mamma affinché si rilassasse, magari convincendola a una passeggiata insieme, o ad andare a teatro, oppure a fare qualche gita fuori porta. Per quel che potevano, cercavano anche di aiutarla in casa nelle piccole incombenze e tenendo sempre in ordine le loro camere ...

Ora, più di prima, provavano per Stella un sentimento di amorevole protezione. Sembrava che fossero divenuti come i tre moschettieri: *tutti per uno, uno per tutti*!

Poi, ai primi di gennaio, ebbero la notizia della morte di Bob, che turbò intimamente tutti, facendoli ripiombare nello sgomento straziante di dolorosi ricordi ...

Con il suo senso pratico, fu Gustavo a risollevare il morale.

- Lui è morto, pace all'anima sua. Ma noi siamo vivi! Non possiamo e non dobbiamo andar fuor di testa come lui. È vero, la notizia ci ha sconvolto, tuttavia fra noi non può e non deve cambiare nulla. -

- Forse, - disse Stella titubante - non sono stata una buona moglie ... -

- Oh ma', sei stata la migliore moglie possibile. - la interruppe il figlio con profonda tenerezza - Te lo posso assicurare! -

- Mamma tu sei una madre meravigliosa! - esclamò Silvia, manifestando il suo grande affetto per lei.

- E voi, i miei figli stupendi. - rispose commossa Stella, sorridendo di gratitudine.

Ovviamente, le fotografie di Bob finirono tra le cianfrusaglie dello sgabuzzino: si doveva evitare in tutti i modi ogni ricordo del passato.

I mesi successivi trascorsero con sconfinata serenità, con qualche preoccupazione, è vero, ma con tanta, tanta gioia reciproca.

Dopo le festività pasquali, i gemelli iniziarono l'intensa preparazione agli esami di licenza liceale.

Al rientro dalla scuola, pranzavano insieme, poi Gustavo e Silvia si ritiravano nelle loro camere per studiare, addirittura fino a notte inoltrata.

Stella preparava la cena e la portava nelle loro camere, senza dire una parola, ma con un sorriso di comprensione, una carezza affettuosa e un lieve bacio sui capelli.

Era stata lei a proporre che almeno la domenica non venissero aperti né libri né quaderni: tutti e tre partivano la mattina, pranzavano in qualche ristorante, parlavano di tutto tranne che di scuola, e tornavano a casa solo la sera. La madre era sicura della loro promozione, ma essi erano tanto preoccupati, per cui li incoraggiava, li confortava, li aiutava insomma, per quel che poteva.

E con quale soddisfazione infine, appresero d'essere stati tutti e due promossi con il massimo dei voti!

Orgogliosa, Stella li abbracciava più volte sorridendo di gioia, e loro ridevano felici: provavano uno sconosciuto senso di liberazione da tante ore di faticoso studio, dalla fatica di dover sopportare così a lungo la tensione, i timori, le paure ...

- Dobbiamo festeggiare. - affermò la madre.

E festeggiarono, non con un pranzo, ma con un'intera settimana al mare, verso il Circeo.

- Grazie mamma! - esclamarono felici Gustavo e Silvia sulla spiaggia.

- Non ho fatto niente. - affermò Stella con fare innocente.

- Però, questa è una tua sorpresa. - risposero ridendo.

- Già. Però non ho ancora pensato quale regalo farvi per la promozione! -

- Il nostro regalo sei tu, mamma. -

- Andiamo a fare una nuotata. - disse Stella, cercando di nascondere la sua commozione.

Quattro

Quando tornarono a casa, erano tutti e tre allegri, tonificati, contenti, felici di stare insieme. Eppure, i gemelli provarono nel loro intimo una sensazione di vuoto, come se mancasse qualcosa.

Avevano ripreso a frequentare gli amici, si divertivano, a volte uscivano con la madre, si erano presi anche la patente di guida, ma ...

Stella comprese il disagio dei figli: mancava loro quello stare interminabili ore sui libri! Ore di tensione e di sofferente preoccupazione ... Adesso che avevano brillantemente superato gli esami, dovevano decidere quale altro obiettivo avrebbero dovuto raggiungere. E fino a quando non avessero effettuato una scelta adeguata alle loro attitudini, si sarebbero sentiti incerti, insicuri ...

- Ragazzi, sono tre anni che non si va a Roccaraso. - disse una mattina - Perché non trascorrere qualche settimana in montagna? -

Gustavo e Silvia si mostrarono entusiasti della proposta. A loro piaceva molto la montagna. D'inverno per sciare, mentre d'estate per fare lunghe passeggiate fra i boschi ...

- Se non vi va di cucinare, potreste andare in uno dei tanti ristoranti - disse la madre - se fossi in voi, io li proverei tutti! -

- Perché, tu forse non intendi venire con noi? - domandò preoccupato il figlio.

- Figli miei, ormai siete maggiorenni. Non potete mica portarvi appresso sempre vostra madre! -

- Ma senza di te ... - disse Silvia.

- Via, via. - la interruppe Stella - prendetela come una nuova avventura, come un'esperienza di libertà. Nel frattempo potrete decidere con calma cosa fare del vostro futuro: continuare gli studi, iscrivendovi ad una facoltà universitaria a voi più congeniale, oppure dedicarvi all'azienda, o magari scegliere un'altra attività.

Siate prudenti nelle scelte, ma decisi nell'affermare le vostre capacità: io ho una sconfinata fiducia in voi - concluse sorridendo.

L'entusiasmo dei ragazzi s'era affievolito, ma capirono che per loro era giunto il momento di cominciare a volare da soli e, anche se un po' timorosi, erano grati alla loro madre.

Quella sera, andando a letto, Stella trovò sotto il suo cuscino un foglio di carta. Lo aprì e lesse:

Grazie, Mamma,
per quello che siamo, grazie per il tuo sorriso, per la tua presenza discreta, per il tuo sostegno, per la tua fiducia.
Grazie, per essere nostra Madre.
                    Con infinito affetto, Gustavo e Silvia

Occorsero alcuni giorni per completare i preparativi. La montagna, si sa, richiede un abbigliamento piuttosto vario: leggero e pratico, senza però dimenticare maglioni e giacche a vento per le possibili giornate più fresche ...

- Ho telefonato alla signora De Gregori - disse Stella - per annunciare il vostro arrivo. Mi ha assicurato che avrebbe dato una pulita all'appartamento. Quindi, dovreste trovare tutto in ordine. Non fatevi mancare nulla, ma siate sempre prudenti con voi stessi e con gli altri. Soprattutto, riposatevi e divertitevi. Per qualsiasi cosa, telefonatemi. -

- E tu, che farai tutta sola? - domandò Silvia

- Ho intenzione di ripulire da cima a fondo tutta la casa - rispose la madre - butterò via tutte le cianfrusaglie che si sono accumulate in questi anni. E ti assicuro che questo sarà un lavoro talmente impegnativo che non avrò tempo per annoiarmi. -

Cinque

Non era trascorsa neppure un'ora dalla loro partenza che Stella già sentiva la lancinante mancanza dei figli.

Da quando erano nati, questa era la prima volta che lasciava partire Gustavo e Silvia senza di lei. E anche per lei, era la prima volta il rimanere sola in quell'appartamento che, senza di loro, era divenuto enormemente vuoto.

Ma, come li aveva sfidati a trovare il coraggio di vivere da soli per quasi un mese, così anche lei doveva reagire all'opprimente senso di vuoto della propria solitudine.

Quando squillò, corse ansiosa al telefono.

- Pronto? -

- Mamma, siamo arrivati. -

Con un gesto automatico, guardò il suo orologio da polso: due ore e mezza. Son stati prudenti, pensò, non hanno corso per strada.

- Il viaggio? - domandò.

- Tranquillo. - affermarono - La signora De Gregori ci ha consegnato le chiavi dell'appartamento. Tutto a posto! -

- Siete stanchi? -

- Ma'. Stiamo bene. Non ti preoccupare. Ora disfiamo i bagagli, poi faremo una doccia. -

- Vi raccomando, riposatevi e divertitevi. - disse ridendo.

- E tu che stai facendo? - domandarono.

- Ehi, ragazzi, datemi tregua. - rispose allegramente - Mica sono una macchinetta del caffè che in tre minuti ti consegna la bevanda calda! -

- Il caffè fa male se ne bevi troppo! - commentarono di rimando - Un bacione. -

- Telefonatemi spesso, ascoltarvi sarà come avervi
per casa -

- Ok! -

- Come avete detto? Hockey? Su erba o su ghiaccio? -
Risero insieme, ad oltre cento chilometri di distanza
fra loro!

Le quotidiane quattro, cinque telefonate da parte dei
gemelli, rendevano le giornate di Stella meno solitarie,
più leggere ed allegre. A volte erano lunghe conversazioni piacevoli, in altre occasioni, brevi frasi affettuose o
un saluto veloce, che però facevano sentire la reciproca
presenza costante, se non fisica, almeno di sentimento.

Stella cominciò le *pulizie generali* dalle camere dei
figli, eliminando l'abbigliamento che da anni non usavano
più, lavando e stirando la biancheria. Poi, fu il momento
del salotto, dello studiolo, della cucina, ed infine, della
sua camera. Ovunque c'era da eliminare roba, da ripulire
cassetti, mobili e soprammobili, da mettere ordine. Era
un lavoro impegnativo e faticoso, ma lo fece con piacere,
qualche volta in compagnia telefonica con i figli.

Restava ormai solo lo sgabuzzino!

Lei lo chiamava *l'inferno*, tanta era la roba ammassata
alla rinfusa in tutti quegli anni. Le sembrava umanamente
impossibile mettere ordine là dentro. E, se avesse potuto,
avrebbe chiuso gli occhi e avrebbe dato fuoco!

Una mattina si decise, finalmente!

In tutta quella confusione, non sapeva da dove cominciare. L'unica possibilità era quella di usare il metodo dei
due verbi: *conservare, gettare*. Prendere cioè gli oggetti
uno alla volta e decidere se tenerlo o buttarlo via.

Il concetto era molto semplice, ma la sua realizzazione
si sarebbe rivelata alquanto snervante!

Prese un pacco, vi trovò i vecchi pattini dei ragazzi. Ormai non li usavano più perché fuori misura.

Quindi, da buttare. Ma ecco affiorare alla mente antichi ricordi, come quando Silvia pattinando cadde e dovettero portarla al pronto soccorso per la slogatura della caviglia, o, quando Gustavo, sempre pattinando, andò a sbattere e ad abbracciare una ragazza sconosciuta, con grave suo imbarazzo!

Anche se ormai inutili, quei pattini risvegliavano ricordi dell'adolescenza dei figli. Dunque, che fare? Conservare o gettare?

Stella risolse di dividere tutte quelle cianfrusaglie in tre parti: quella da conservare, un'altra da gettare e infine quella da tenere in sospeso, in attesa di una successiva decisione.

Ma continuando quella stressante selezione, nei giorni successivi si accorse che era ben poca la roba da conservare o da gettare senza ripensamenti. Mentre risultava enorme la quantità di ciò che lei aveva messo da parte.

Era tentata ad abbandonare l'impresa: avrebbe buttato via quel poco che aveva scartato e avrebbe rimesso dentro allo sgabuzzino tutto il resto. Era deprimente constatare di aver fatto tanta fatica inutile!

"Facciamoci coraggio" pensò avvilita, e riprese la cernita.

Tra le tante cose che prendeva fra le mani per decidere che farne, ecco che emerse una sacca ... sì quella sacca che i carabinieri le consegnarono mesi prima.

"Su questa, non ho dubbi - pensò - è certamente da buttar via!"

Riprese il lavoro che stava facendo.

Ma il suo cervello turbinava: rabbia, sofferenza, agitazione... i suoi occhi scrutavano involontariamente la

sacca... mentre il cuore cominciava a palpitare forte ...
le parve che mancasse l'aria...

Andò in cucina a sedersi, sorseggiò un bicchiere d'acqua fresca e, molto lentamente recuperò una calma precaria, quasi surreale, nella quale lei combatteva fra attrazione e repulsione per quella "cosa" ...

Dopo un paio d'ore, si sentiva ancora frastornata, debole, incerta.

Squillò il telefono.

- Pronto? - rispose ansiosa

- Mamma siamo noi. - erano i gemelli

- Oh, meno male. Avevo proprio bisogno di sentire la vostra voce! -

- Dopo una settimana di solitudine a Roma, perché non vieni anche tu? Qui è bellissimo, ci divertiamo un mondo, però ci manchi! -

- Non posso. - rispose dolente - Ho tirato fuori dallo sgabuzzino tutte le cianfrusaglie. Ora stanno sparse per il corridoio. -

- Ricaccia tutto dentro, chiudi la porta e vieni da noi. - proposero gioiosamente i figli.

- E no. Prima il dovere e poi il piacere. -

- Però non è giusto. A te solo il dovere, mentre a noi lasci solo il piacere! -

Risero di cuore tutti e tre.

Ora Stella stava meglio, anzi si sentiva proprio bene!

Tanto bene, da prendere con indifferenza la sacca, aprirla ed estrarne il contenuto.

Non provò alcun sentimento nel pensare di buttar via quello ch'era rimasto di lui, né rancore né paura, né gioia né soddisfazione.

Trovò alcune camicie, maglie e altre cose di nessuna importanza. Vi erano anche due paia di jeans arrotolati. Notò che uno era più rigido dall'altro. Per curiosità, lo srotolò. Vide cadere un quaderno. Lo raccolse. Lo sfogliò senza interesse. Riconobbe la grafia: era quella di Bob.

Sei

Bob

Per un attimo, restò sconcertata. Doveva trovare la forza di reagire!

Depose il quaderno in un cassetto della scrivania dello studiolo.

Poi, meccanicamente, raccolse in un paio di capienti buste di plastica tutto quello che aveva deciso di gettare, e uscì.

A duecento metri dal portone, depositò le buste nei relativi cassonetti, e cominciò a camminare senza fretta e senza meta.

La stanchezza fisica cominciò a farsi sentire intorpidendo le gambe. Si fermò e si accorse d'essersi allontanata parecchio da casa.

Prese un taxi per tornare.

Il quaderno non le provocava alcuna sensazione. Forse, solo un'inspiegabile curiosità, e cominciò a leggere.

7/6/13
Il dott. Castaldo ha confermato quanto aveva ipo-
tizzato un mese fa.
Sono scettico, anche se turbato. Devo cercare una
conferma, o meglio, una smentita. Spero.

18/6/13
Mi è stato assicurato che il prof. Degli Ubaldi è un
luminare in oncologia.
Dopo molta insistenza da parte mia, ho potuto
avere la prenotazione per una visita soltanto fra
tre mesi!
Il 21 novembre prossimo mi dovrò presentare alla
sua clinica.

10/12/13
Non vi sono più dubbi. È ormai incontestabile.
Il professore Degli Ubaldi è stato esplicito: tumore
in metastasi. Pressoché inoperabile.
Mi sono ritrovato a fare quelle sciocche, inutili
domande. Quanto tempo avevo ... quanto avrei
vissuto se mi fossi sottoposto a un intervento ...
cosa potevo fare ... quanto avrei dovuto soffrire ...

Stella chiuse di botto il quaderno. La fronte era im-
perlata di sudore e aveva freddo.

Un tumore. Bob aveva un tumore! E lei non lo sapeva!

"Che razza di moglie sono? - pensava - Non mi sono
neppure accorta che stesse così male!"

Impossibile.

Lo ricordava forte, concreto, sicuro di sé. Eppure così
dolce, affettuoso, tenero, premuroso.

E lei, mai avrebbe potuto immaginare, sospettare ...

Sette

Trascorse la notte con un senso di smarrimento. Non provava dolore, neppure sofferenza, ma disagio. Quello, sì! Come spuntò l'alba, si levò dal letto.

Si sedette nello studiolo, aperse quella specie di diario e riprese a leggere.

22/12/13

Ho un problema che mi assilla! Un grosso problema che mi pesa come una palla di piombo. Per sei mesi non ho detto nulla a Stella.

All'inizio, perché speravo in un errore di valutazione degli accertamenti fatti. E non volevo che si preoccupasse per nulla.

Ma ora pare che la sentenza di condanna sia definitiva, e non so come dirlo a lei e ai ragazzi. Non ho il coraggio di parlarne!

Eppure, sarebbe facile dire: "Ho un cancro che mi divora, e forse mi lascerà vivere ancora per un anno o poco più." Sì, poterlo dire, sarebbe semplice e, se vogliamo, onesto.

Ma, da parte mia sarebbe una grande vigliaccata, traboccante del più bieco egoismo!

Non posso tradire il loro affetto. E soprattutto, non posso tradire il mio infinito amore per loro. Se lo facessi, rinnegherei me stesso, il mio essere un'unica cosa con loro. Fra tre giorni è Natale! Come faccio a parlarne adesso?

2/1/14

La mia allegria di questi giorni è forzata. Ma la gioia che provo con loro è sincera, profonda, disperata.

No. Non devono soffrire per causa mia. Cercherò di dissimulare la sofferenza, il dolore, il supplizio lancinante che a volte aggredisce il torace fino allo stomaco. Non dirò nulla. Anche a costo di mentire. Devo fare in modo che non subiscano il mio tormento. Non voglio che debbano soffrire così a lungo quanto purtroppo toccherà a me.

23/1/14

Mi viene da piangere: la mia adorata Stella si sta preoccupando troppo ...

Se sapesse del cancro, sicuramente vorrebbe cercare di aiutarmi e farebbe il diavolo a quattro pur di tentare ...

Ma so che non c'è niente da fare! E lei ne soffrirebbe ancora di più.

Questo non è giusto!

Il mio dovere è proteggere lei, Gustavo e Silvia. Loro sono la parte migliore di me! Non voglio, non devo, non posso farli soffrire. Solo il pensiero mi fa impazzire.

30/1/14

Faccio sempre più fatica a mentire. Dico loro che la stanchezza è la causa della mia irritabilità.

Temo che in un momento di debolezza mi potrebbe sfuggire qualche parola riguardo alla malattia.

Quando verrò a mancare, io finirò certo di soffrire. Ma loro no. Loro continuerebbero a disperarsi, a piangere ... E questo lo devo impedire ...
Devo andarmene.
Devo fare in modo che la mia fuga non sia causa di un ulteriore inutile dolore, ma di sollievo, di liberazione per loro.

27/2/14
Non immaginavo d'essere capace di tanta brutalità.
Li contesto. Li umilio. Litigo, urlo, strepito per qualsiasi motivo. Ogni volta, poi sbatto violentemente la porta e mi chiudo in salotto.
A piangere.
Piango disperatamente per loro. Piango per la sofferenza che sto causando. Piango per me stesso, perché non posso esprimere la mia sofferenza nel doverli maltrattare così ...
Le mie urla sono una finzione perché devo fare in modo che mi detestino ... Presto me ne andrò di casa ... e spero che poi loro possano ritrovare la serenità perduta e tutta la gioia e l'amore che meritano.
Per i mesi che mi resteranno da vivere, proverò anche il dolore per tutto quanto ho fatto soffrire nel tormentarli ...
E per questa mia colpa, ogni giorno, ogni sera, chiederò loro perdono silenziosamente.

Squillò il telefono.

Frastornata, Stella andò a rispondere.

- Mamma, sapessi. Abbiamo trovato un posto incantevole, nascosto da un dirupo. Quasi un covo segreto ... -

- Davvero? Che bravi! - rispose Stella senza entusiasmo.

- Che c'è? Hai una voce! - chiesero i gemelli.

- Oh, niente. -

- Mamma cosa succede. Non stai bene? - domandarono preoccupati.

- Ma che dite! - rispose lei con vigore - Io sto bene. Sono solo un po' stanca. Le pulizie di casa sfiancano ... e lo sgabuzzino, poi ... non vi dico ... -

- Oh mamma, come t'è venuto in mente di metter mano a quell'inferno? Butta via tutto, e *buonanotte al secchio*! -

- Non proprio tutto ... -

- Ti sento così avvilita. -

- È solo stanchezza ... -

- Ti veniamo a prendere. -

- No! - esclamò lei allarmata - Facciamo così: vengo io da voi, appena ho finito con ... *l'inferno*. -

- Lo prometti? -

- Certo che lo prometto, così mi farete vedere quel vostro meraviglioso covo segreto. -

Otto

Ora che sapeva, si sentiva confusa, non delusa. Mortificata, non arrabbiata. Ammirata, non umiliata.

Bob, ancora una volta era riuscito a confonderla con il suo amore. E lei era mortificata per non averlo potuto contraccambiare. Non era però arrabbiata con se stessa:

all'epoca, non sapeva che la situazione fosse così drammatica. Né tantomeno poteva prendersela con lui, con il suo sacrificio d'amore. Al contrario, provava una grande ammirazione per il suo coraggio e la costanza di preservare lei e i figli da una sofferenza ben più devastante di quella imposta loro in quei due mesi di follia.

Si domandava: "Se fossi stata nelle sue condizioni, avrei avuto il suo coraggio, la sua costanza e la sua follia? Non credo di avere tanta forza!"

Ora, non poteva sentirsi umiliata: Bob le aveva donato uno straordinario esempio d'amore.

Con animo turbato, ma pur sereno, la mattina successiva tornò a sedersi alla scrivania dello studiolo. Riprese il quaderno. Sapeva che vi erano ancora varie pagine d'appunti che lei non aveva ancora letto.

14/3
Eccolo qui il mio quaderno. Temevo d'averlo lasciato a casa.
Sarebbe stata una tragedia se lo avesse trovato Stella e lo avesse letto a Gustavo ed a Silvia!
Tutto il mio impegno sarebbe stato vano.
Mi domando ora cosa farne ... dovrei distruggerlo ... eppure vorrei annotare ancora ... ma dovrei appuntare solamente notizie diverse dalla mia sofferenza ...

16/3
Tre giorni fa, dopo l'ultima umiliante litigata, sono scappato da loro con le lacrime agli occhi.
Avrei voluto abbracciarli, baciarli, accarezzarli cento, mille volte ... e invece me ne sono andato

sbattendo la porta. Che essere atrocemente mal-
vagio sono stato per loro! Mi disprezzo e odio me
stesso, ma lo dovevo fare. Sperando che la mia
fuga possa riuscire a donare loro un po' di sollievo
e di serenità.
Qui a Milano, ho preso un monolocale, pagando
anticipatamente un anno di fitto.
L'abitazione è a un chilometro dalla clinica onco-
logica. Fin quando potrò, andrò a piedi per sotto-
pormi alle visite e farmi prescrivere i medicinali.
Sono stanco, depresso. Non per il viaggio, che no-
nostante tutto, è stato relativamente tranquillo,
non per la sistemazione per la quale nutro disinte-
resse, è solamente un precario punto d'appoggio,
ma per la consapevolezza della solitudine, della
sofferenza ormai costante, del dolore a volte stra-
ziante.

20/3
Stamane sono andato in clinica. Il dott. Volsini
dopo aver visionato i referti che mi ero portato,
ha effettuato una visita molto scrupolosa e infine
mi ha consigliato il ricovero.
Se avessi consentito, temo che mi sarebbero venute
meno le forze e il coraggio di levarmi poi dal letto.
No, niente ricovero! Almeno finché fossi riuscito a
sopportare il dolore ed a reagire all'avvilimento.
Desidero ancora uscire, vedere, conoscere ... fare
cioè una vita quasi normale e forse avere qualche
attimo di serenità.
Il dott. Volsini mi ha prescritto alcuni medicinali
per attutire il dolore, forse sedativi, credo anche

*degli oppiacei, e della morfina per i momenti più
critici.*

2/4
*Tempo fa ho incontrato sul mio pianerottolo una
donna che come me cercava le chiavi del proprio
appartamento.*
*La salutai. Lei mi guardò incerta ed entrò in casa.
Qualche giorno dopo la rividi sotto il portone. La
salutai e questa volta mi rispose.*
*Una volta ci ritrovammo ad attendere l'ascenso-
re. Mi salutò per prima ed io risposi con un lieve
sorriso.*
In ascensore mi osservava con seria curiosità.
- La prego - dissi - non mi giudichi male. -
- Lei abita qui? - domandò.
*- Per qualche tempo, ho preso in fitto il monolocale
adiacente al suo appartamento. -*
- Per lavoro? -
*- No, solo per motivi personali. Non so per quanti
mesi mi tratterrò qui. -*
Giunti al piano, ci salutammo.

7/4
*Ero appena uscito dal portone di casa, quando
un'improvvisa fitta sembrò squassare il torace.
Mi dovetti fermare, appoggiandomi al muro per
non cadere.*
*Essa mi vide e svelta mi raggiunse. - Lei sta male
- affermò preoccupata.*
- È solo stanchezza -

- Ma quale stanchezza. - disse - Venga, l'accompagno sopra. -
Mi portò nel suo appartamento.
- Mi dica la verità, è malato? -
- Non si preoccupi per me ... sono solo di passaggio - risposi.
- Mica, per caso è ... -
- Cancro. -
- Oh mio Dio! - esclamò. I suoi occhi divennero lucidi.
- Ecco, lo sapevo - dissi mortificato - dovevo tacere. Non volevo rattristarla, mi perdoni. -
- Che dice! - quasi piangeva.
- Quanta gente è malata e forse sta per morire, eppure non ci commuoviamo certo per loro ... -
- Ma ora conosco lei ... -
- Sono un estraneo come tanti, non ci faccia caso. -
- Vorrei tanto poterla aiutare. - affermò sincera.
- Lo sta già facendo ... le sono grato. -
- Sapesse come la comprendo! - esclamò - Anche mio marito se ne è andato dopo lunghe sofferenze. -
- Me ne dispiace molto, mi creda. Per suo marito e per lei. - dissi - Non intendevo rattristarla con la mia inutile storia! -
- Io lo penso sempre! ... -
- Ed è giusto che sia così. L'amore per suo marito lo avrà sempre nel cuore. - cercai di confortarla - Ma ha anche il diritto di sorridere, il dovere, non di sopravvivere al passato, ma di vivere il proprio presente e di avventurarsi verso un futuro migliore. Nessuno ha il diritto di piangersi addosso, ciascuno

dovrebbe assaporare le gioie della vita secondo le proprie possibilità e il proprio gusto ... -

- Come fa a dire questo? - mi interruppe - Proprio lei ... nelle sue condizioni ... -

- Dovrei essere nervoso, arrabbiato, impaurito? Cambierebbe qualcosa? - domandai a mia volta

- Devo riconoscere che a volte mi lascio prendere dal panico della desolazione ... ma non serve a nulla domandarsi "perché proprio a me?", mentre la domanda più obiettiva sarebbe "perché capita anche agli altri?". Questa volta tocca a me. È un fatto ineluttabile che accetto, non con amara rassegnazione, ma come una realtà inevitabile. Se fossi rassegnato, ora sarei in un letto d'ospedale avvilito e disperato. Invece, per quanto posso, preferisco vivere giorno per giorno. Uscire dalla mia tana, camminare tra la gente, osservare e, se possibile, sorridere ancora! Sono consapevole che a poco a poco sto venendo meno, ma desidero vivere, nonostante tutto, amo la vita! -

- Ammiro il suo coraggio ... -

- Cambierebbe qualcosa se piangessi su me stesso? -

- Se me lo permette, vorrei venirla a trovare spesso -

- Sarebbe una gioia per me, interrompere la solitudine che mi attanaglia - dissi sorridendo - Ma non si deve dare pensiero. Lei è ancora giovane, dovrebbe amare la propria vita, non subirla. Viva i suoi giorni nel miglior modo possibile. E ricordi che io sono solamente un estraneo di passaggio. -

1/6

Quale tormento s'agita in me, quale vuoto! Mi mancano l'amore di Stella, le battute di Gustavo, i sorrisi di Silvia!

Ed io che li ho fatti tanto soffrire, maledetto me! A volte piango disperatamente. Se avessi coraggio, mi frusterei per il male che ho loro imposto.

L'unica speranza che mi sostiene è di aver lasciato in loro un tale disgusto di me da dimenticarmi ... come ci si scorda del passaggio di una nube nera ...

12/6

In questi tre mesi ho notato che l'effetto dei farmaci si sta abbreviando ...

Sovente mi viene a trovare Angela, così si chiama la mia vicina di casa. È tanto premurosa, le sue attenzioni mi commuovono sempre. Conversiamo piacevolmente, mi confida le sue preoccupazioni e le piccole gioie quotidiane. Usciamo per qualche breve passeggiata, e per non farmi stancare, ci fermiamo in un bar, prima di tornare a casa.

Ormai è lei che mi accompagna all'ospedale per la prescrizione di medicinali, sempre più potenti. Scherzando a volte dico d'essere diventato un drogato!

4/8

Sopportare il dolore diventa sempre più difficile con questo caldo opprimente. Ma devo pagare, devo soffrire per il male imposto a Stella, Silvia e Gustavo!

28/9

Ieri ho parlato con un prete della chiesa qui vicino.
Gli ho raccontato la mia vicenda.
- Avete scelto la via più dura. - ha commentato.
- Cosa? -
- State soffrendo per la malattia che vi condur-
rà alla morte. Soffrite perché affrontate il dolore
nella più avvilente solitudine, e questo per vostra
scelta. E vi disperate per coloro che amate così pro-
fondamente ... Certo, avete scelto la via più dura
per morire! Vi siete assunto tutto il dovere di non
far soffrire chi amate, però a loro, avete negato
il diritto di condividere il vostro dolore. E questo,
secondo me, è sbagliato ... Pregherò per voi. -
- Non per me, non lo merito. - risposi mortificato
- Le sarei grato invece, se pregasse per mia mo-
glie Stella e per i miei figli,Gustavo e Silvia. Loro
meritano tutte le preghiere di questo mondo. -
Stanotte non riuscivo a prender sonno, tanto ero
turbato per quanto mi aveva detto quel prete ...
E ormai non ho neppure la forza di piangere.
Ripensando all'intima sofferenza che tuttora tor-
menta Angela, tremo al solo pensiero che Stella e
i miei adorati figli debbano subire un così prolun-
gato dolore ...

5/10

Oltre al dolore lancinante che mi tartassa, ora sono
assillato da un pensiero che mi tormenta.
Ripenso sempre a quanto m'ha detto quel prete!
Forse ho sbagliato ad allontanarmi dalla famiglia,

a maltrattare i figli che amo più di me stesso. Con le sofferenze che ho loro procurato.

Vorrei tanto abbracciarli, baciarli ... ma orami, non posso tornare indietro!

In questi mesi ho conosciuto Angela, il suo dolore, le sue lacrime per la perdita del marito. Ed era questa prolungata sofferenza che volevo evitare a Stella, Gustavo e Silvia!

Se ho sbagliato, Dio mi punisca, ma a loro conceda tanta serenità e gioia. E spero che col tempo possano perdonarmi.

20/11

Sono in un letto d'ospedale.

Mio Dio, ti prego, ti supplico per la mia adorata famiglia. Proteggi, conforta, sostieni Stella, Gustavo e Silvia. Hanno diritto a una vita serena, gioiosa, dopo l'enorme dolore che ho loro procurato ... Volgi il Tuo sguardo anche verso Angela, è così sola ...

Stella rimase attonita con il quaderno ancora aperto.

Da qualche parte aveva posto il certificato di morte che le fu consegnato insieme alla sacca. Lo trovò in un cassetto.

Portava la data del 24 novembre 2014: quattro giorni dopo le ultime parole scritte dal suo Bob.

Nove

L'insistente suoneria del telefono sembrava provenire da molto lontano.

Stella lentamente andò a rispondere.

- Mamma, torniamo a casa. - erano i gemelli.

- Perché. Cosa è successo? - domandò allarmata.

- Niente. Non ti preoccupare, stiamo bene. -

- E allora? Dovevate trattenervi lì fino alla fine del mese ... -

- In quindici giorni, ci siamo divertiti abbastanza. Ora abbiamo deciso di tornare. -

- Non capisco perché abbreviare così le vostre vacanze ... -

- Abbiamo già preparato i bagagli. Fra poco più di due ore saremo a Roma. -

Era confusa. Turbata .

Due ore. Soltanto due ore!

Non sapeva cosa fare. Meccanicamente andò per le stanze: tutto era in ordine.

Prese il quaderno. Se lo strinse al petto.

Oh, Bob! Volevi che ti dimenticassimo. - pensò - Credevi che la tua sacca sarebbe stata buttata via. E invece ...

Si sedette.

Doveva parlarne ai gemelli?, si domandò. Forse era opportuno tacere. Perché farli ancora soffrire?

Ma, se non lo avesse fatto, per tutta la loro vita avrebbero odiato il padre e disprezzato il suo amore. E questo non le sembrava onesto!

D'altra parte però, Bob era suo, solamente suo! Ora che sapeva la verità, anche questa doveva rimanere solamente sua. Sarebbe stato il suo straziante, confortante segreto!

Si accorse di piangere.

Di piangere di gioia per l'infinito amore del suo Bob per lei e per i figli ... e provava un'intima, penosa sofferenza per aver perso quell'amore così intenso ...

No. Non l'aveva perso. Sarebbe rimasto silenziosamente nel suo cuore per sempre!

"Lei è ancora giovane, dovrebbe amare la propria vita, non subirla. Viva i suoi giorni nel miglior modo possibile." aveva detto ad Angela. Ma quelle di Bob erano parole indirizzare anche a lei, a Gustavo e a Silvia!

Suonò il citofono. Erano i gemelli.

Aprì l'uscio e attese.

- Mamma! -

Si abbracciarono gioiosi.

- Come sei pallida! - esclamò Silvia.

- Ma stai bene? - domandò Gustavo preoccupato.

- È solo stanchezza. -

- In questi ultimi giorni, ci siamo tanto preoccupati per te ... -

- Via, via. - disse Stella - Ora rinfrescatevi. Poi mi racconterete tutto. -

Il fresco profumo di pulito dell'appartamento avvolse i ragazzi.

Notarono una novità: meravigliati, ritrovarono al loro posto le foto del padre ...

- Mamma dove sei? - domandarono.

- Ragazzi, sono in salotto - rispose lei - venite. Vi devo parlare. -

PROMOZIONE UMANA

Uno

"La HUMAN DEVELOPMENT INSTITUTIONS, Associazione ad alto profilo socio - ambientale, ha predisposto un progetto di accoglienza, assistenza e formazione gratuite a soggetti tra i dodici ed i diciassette anni d'età, abbandonati, orfani, profughi da terre lontane, fuggitivi da disagi, miserie e guerre nelle loro Nazioni.
Il programma prevede l'accoglienza di mille unità in ampie strutture adeguate, per un percorso triennale, supportato da personale specializzato per la cura psicofisica della persona, per la conoscenza dei linguaggi, per l'apprendimento di attività manuali e per la professionalizzazione qualificata."

Il comunicato, apparso contemporaneamente su vari quotidiani nazionali di Spagna, Francia, Italia, Grecia e Turchia, tra gli altri, incuriosì Alonso Estrada, uno dei caporedattori di *El Mundo*.

Telefonò al numero riportato a margine della notizia e attese che gli passassero il responsabile delle *public relations*, Walter Kalstreny.

Dopo venti minuti di colloquio telefonico, il giornalista spagnolo era ancor più perplesso di prima.

Come finalità l'Istituto offriva una proposta di promozione umana per i ragazzi descritti nel comunicato, onde fornire loro gli strumenti indispensabili per realizzare un possibile dignitoso futuro di lavoro, e favorire un possibile impegno solidale.

Era finanziato da magnati internazionali, principalmente americani, russi e cinesi, i quali garantivano, oltre alle cinque strutture previste, anche l'adeguato funzionamento dei programmi formativi.

Ogni struttura prevedeva la sistemazione di circa duecentocinquanta minori, in spazi di settanta, cento ettari ciascuna, con aule, laboratori, zone ricreative e svariati servizi necessari.

Due strutture erano già pronte ad accogliere i primi gruppi di minori, mentre si stava terminando l'allestimento delle altre tre.

Kalstreny aveva concluso la telefonata comunicando che per l'inizio del mese successivo era prevista la visita di rappresentanti dei vari Governi. In tale occasione potevano partecipare anche gli inviati dei quotidiani nazionali: avrebbero avuto l'opportunità di conoscere meglio l'organizzazione, i regolamenti ed i programmi che sarebbero stati realizzati a favore di tanti minori, che, per varie drammatiche vicende, si trovavano in condizione di abbandono e smarrimento.

Due

Circa duecento, tra rappresentanti governativi e giornalisti, parteciparono all'incontro tenuto in una delle strutture dell'Istituto, a pochi chilometri da Port Elizabeth, in Sudafrica.

Le cinque strutture infatti, aveva iniziato Kalstreny, responsabile delle *public relations*, erano tutte dislocate in Sudafrica: due, attualmente adibite alla prima accoglienza, si trovavano a Port Elizabeth e a Klawer, mentre a Pietermaritzburg, a Vereeriging e Saldanha vi erano strutture specificatamente adibite alla qualificazione, ove gli ospiti avrebbero acquisito competenze manuali e professionali. Queste ultime strutture risultavano essere più estese, dovendo comprendere numerose tipologie di laboratori ed ambienti necessari per valide esercitazioni pratiche.

L'accoglienza sarebbe avvenuta principalmente su segnalazione di Enti ed Organismi autorizzati dai vari Governi, indicando la provenienza, i dati anagrafici, lo stato di salute e le altre eventuali notizie utili, relative a ciascun soggetto.

In particolari situazioni emergenti, la stessa Organizzazione sarebbe intervenuta per l'accoglienza di altri minori dispersi.

Il dr. Thomas Motshar, dirigente sanitario della struttura, illustrò i criteri previsti per l'accoglienza.

Lo staff valuterà la possibilità di accogliere i soggetti proposti, mediante visite sanitarie ed anche con colloqui di carattere psicologico e sociale. Saranno esclusi coloro che presentano gravi malattie, tare caratteriali o insofferenza applicativa, per i quali necessitano strutture specialistiche, attualmente non presenti nel nostro programma.

In ogni struttura vi sono medici, infermieri ed igienisti che possono garantire una sana crescita psicofisica di ciascun minore. Nei casi di necessità, esiste una convenzione che impegna vari specialisti ad offrire la loro opera presso le nostre strutture, e comunque, questi saranno presenti di norma ogni quattro mesi.

Il prof. Huw Gruffydd, coordinatore logistico, spiegò come sarebbe avvenuta la sistemazione dei vari soggetti, nella struttura di Port Elizabeth, che si estendeva per circa ottanta ettari.

I ragazzi saranno allocati in camere, circa centotrenta, con due, tre comodi posti letto ciascuna e con propri servizi igienici.

Per il loro sostentamento, sono garantiti la prima colazione, lo spuntino, la seconda colazione, la merenda pomeridiana e la cena, seguendo un programma dietetico adeguato alla loro età e alle peculiari condizioni di salute.

Sarà loro compito apprendere come mantenere in ordine e puliti se stessi, le loro cose e gli ambienti che frequentano.

Vi è anche una piscina ed ampi spazi ricreativi, sia esterni che interni, per le diverse possibilità di svago, per le rappresentazioni musicali e teatrali, atte a favorire le capacità di relazione e di integrazione. Vi sono anche animatori circensi: alcune loro attività infatti, possono facilitare la crescita psicosomatica dei ragazzi.

Riguardo poi allo studio, intervenne il dr. Jim Mohr, dirigente culturale, sarà obbligatoria la conoscenza di due lingue: l'inglese e un'altra a scelta tra il tedesco, il francese e lo spagnolo, con l'apprendimento dei relativi usi, costumi e norme di convivenza che avrebbero favorito un'adeguata integrazione dei ragazzi nelle nazioni in cui decideranno di andare a risiedere. Sarebbe però auspicabile che tornassero alle loro regioni di provenienza: con il loro apporto infatti, potrebbero migliorare le locali condizioni di vita.

Il nostro impegno maggiore sarà quello di far acquisire capacità manuali, con un addestramento teorico e pratico, per mezzo di numerosi laboratori di tipo artigianale, agricolo, ed anche per l'elaborazione di manufatti, in modo da dare loro la possibilità di avere competenze utili, sia di lavoro che di vita.

Per quanto riguarda le strutture di Pietermaritzburg, Vereeriging e Saldanha, ormai quasi ultimate, quest'ultima sarà il terzo centro di accoglienza e avrà quindi le medesime finalità che si perseguono qui a Port Elizabeth ed a Klawer. Mentre nelle altre due, oltre ad una più approfondita conoscenza linguistica, saranno proposti specifici programmi, per coloro che mostrano d'essere inclini a ruoli intellettivi, così da impartire loro le basi di una qualificazione in qualche attività professionale.

Nel loro percorso i ragazzi saranno seguiti ovviamente da psicologi e da sociologi, nel rispetto delle loro credenze religiose e delle potenzialità intellettive di ciascuno.

A conclusione dei vari interventi, prese la parola il dr. Henri Owen, direttore di Port Elizabeth, spiegando che il previsto programma triennale aveva solamente carattere indicativo.

L'intento non è certo quello di trattenere i ragazzi nei nostri Centri, ma di promuovere la loro formazione umana, la crescita, cioè, sana e consapevole delle proprie capacità, mediante mezzi e strumenti che possano assicurare la possibilità di una vita dignitosa e laboriosa a questi futuri cittadini del mondo. Per cui ciascun ragazzo potrà decidere se proseguire nei nostri corsi fino la loro termine, oppure scegliere liberamente di andarsene quando si sentiranno preparati in qualche specifica attività manuale o professionale.

Certo. Detto così, può suscitare un'impressione alquanto teorica e forse anche fumosamente idealistica di quanto si vuole realizzare.

Ma il personale che opererà nelle nostre strutture è qualificato, e soprattutto molto concreto nell'attuare i programmi previsti. Siamo tutti consapevoli che si dovranno affrontare le più diverse difficoltà quotidiane. Ma questa è una sfida che intendiamo affrontare con successo: abbiamo i mezzi e gli strumenti affinché l'idealismo della teoria si tramuti nella realtà della pratica.

Questa, non è presunzione. Al contrario, siamo convinti che non saranno solamente i ragazzi ad apprendere, ma saremo soprattutto noi a comprendere la validità dei programmi proposti, in modo da adeguare metodi e tempi, al fine di personalizzare e migliorare i risultati da conseguire.

Riteniamo, infine, che saranno opportune le verifiche da parte di rappresentanti dei Governi e delle Organizzazioni umanitarie. Nel nostro impegno, sarà per noi un notevole aiuto poter ricevere consigli da personaggi altrettanto qualificati. Per cui saremo ben lieti delle vostre visite, magari in gruppi ristretti, per non turbare il lavoro quotidiano dei nostri giovani ospiti.

I vari responsabili, risposero alle numerosissime domande che venivano poste soprattutto dai rappresentanti governativi, rivelando un'approfondita conoscenza delle problematiche che avrebbero dovuto affrontare e mostrando competenza e preparazione organizzativa.

I corrispondenti presenti manifestarono le loro varie perplessità. L'inviato di *El Mundo* constatò che per l'organizzazione di strutture del genere sarebbero stati necessari un'enormità di capitali e si domandava quanto gli investitori ritenevano di poter ricavare da un'operazione di così vasta portata.

Il direttore, dr. Henri Owen, rispose di presumere che un progetto di tale portata doveva necessariamente prevedere notevoli finanziamenti, ma dichiarò di non essere a conoscenza quali fossero i finanziatori, ritenendo però che gli eventuali magnati americani, europei ed asiatici intendessero dimostrare, in questo modo che, con strutture e programmi adeguati, si sarebbe riusciti a fare di fuggiaschi, sbandati ed orfani, degli onesti e laboriosi cittadini.

Queste, in definitiva, erano le finalità che tutti i componenti dell'organizzazione sarebbero stati impegnati a conseguire.

Tre

Nei mesi successivi vi fu un tale afflusso di giovani ospiti, che si dovettero adibire all'accoglienza tutte le cinque sedi dell'organizzazione.

Dopo le accurate visite mediche psicofisiche e le opportune identificazioni, i ragazzi iniziavano l'intenso programma di studio e di attività pratiche.

Nel frattempo, le visite effettuate dai rappresentanti di taluni Governi furono la conferma dell'interesse suscitato dall'iniziativa che la Human Development Institution stava attuando.

I ragazzi mostravano buone capacità ricettive, erano vivaci negli svaghi e si impegnavano molto nelle varie attività. I pasti abbondanti, la cura della persona, e una quotidianità serena e ordinata, stava dando loro un nuovo senso di tranquilla e pur laboriosa sicurezza, anche in un ambiente ove si mescolavano linguaggi, consuetudini e credenze diverse.

I rappresentanti giravano tra i vari ambienti delle strutture, parlavano liberamente con i ragazzi e con gli animatori, pranzavano con loro, costatando la validità dei programmi proposti, e infine se ne andavano stupiti e soddisfatti di quanto si stava realizzando.

I ragazzi ricevevano affettuosi incoraggiamenti affinché si impegnassero sempre nelle varie attività di studio, di lavoro e di svago, e soprattutto capissero la necessità di costruire rapporti interpersonali nel rispetto reciproco e dei beni loro affidati.

Ovviamente, avvenivano anche situazioni di intolleranza, che in genere erano attutite mediante colloqui nei quali gli animatori cercavano di far comprendere la fiducia in una serena convivenza e la necessità dell'essere accurati in ogni loro impegno.

In tutte le strutture, docenti, animatori e psicologi erano il perno dell'organizzazione locale.

Le indicazioni che regolavano il loro lavoro quotidiano con i giovani ospiti erano molto semplici: dovevano essere sempre presenti, vigili, disponibili nello stimolare le latenti capacità degli ospiti e suscitare gli interessi per le attività produttive che avrebbero potuto agevolare il corso della loro vita futura. E ciò, mostrando sempre una calorosa partecipazione alla serena crescita psicofisica dei ragazzi.

Era bandito ogni concetto di coercizione e di punizione, ma si tentava costantemente di alimentare la volontaria convinzione per il conseguimento d'una formazione adeguata al benessere individuale e collettivo.

Solo con il costante lavoro di convincimento, i ragazzi avrebbero potuto apprezzare il valore della propria dignità, apprendendo competenze lavorative per un adeguato inserimento in ambienti sociali nelle Nazioni che successivamente sarebbero divenute il loro habitat.

Docenti, animatori, sanitari e psicologi seguivano dunque quotidianamente i ragazzi, segnalando i loro progressi, gli eventi, le situazioni di disagio che potevano verificarsi, la crescita psicofisica, l'evoluzione, le tendenze e le convinzioni di ciascun ospite. Solo in questo modo si sarebbero potute valutare le possibilità di avviare taluni di quelle centinaia di ospiti all'addestramento necessario per conseguire differenti finalità.

Finalità, peraltro, segretamente stabilite dagli stessi finanziatori, poco persuasi delle capacità governative di taluni Stati. Infatti, l'indecisione d'intervento di questi ultimi su problematiche mondiali e sulla precarietà economica, era ormai largamente diffusa. L'instabilità politica e sociale dei vari Governi era una grave turbativa che allarmava sempre più i finanziatori del progetto sudafricano. Perfino l'ordine, mantenuto anche militarmente, risultava alquanto precario e comunque non soddisfaceva le esigenze economiche e sociali.

Era quindi indispensabile l'istituzione di unità di forza che, svincolate dai comuni canoni nazionali, avessero la possibilità e la capacità d'intervento. Dette unità avrebbero operato in maniera assolutamente segreta, affinché non vi fossero dannose interferenze nelle loro azioni, e non fosse identificata né la provenienza, né individuati i mandanti dei possibili interventi.

Non un esercito, bensì gruppi specificatamente addestrati al sabotaggio, all'attentato, alla guerriglia e allo spionaggio, da impiegare per la tutela degli interessi dei magnati, indipendentemente dai programmi dei vari Governi.

Oltre alle finalità d'inserimento sociale di soggetti sbandati, questa era una delle finalità che si intendeva conseguire.

Dall'organizzazione umanitaria, già da tempo avviata, si dovevano selezionare i soggetti adatti all'addestramento segreto di tali gruppi. Venivano scelti i ragazzi di quindici, sedici anni più aggressivi ed intolleranti, accolti nelle strutture ufficiali dell'Organizzazione su segnalazione degli Enti nazionali.

Dopo alcuni mesi nei vari centri di accoglienza, questi soggetti avrebbero richiesto volontariamente di tornare nelle località d'origine, con tanto di attestazione liberamente sottoscritta che veniva inserita nel loro fascicolo personale.

Inoltre, come previsto fin dall'inizio, la stessa Organizzazione era impegnata direttamente nel reperire sbandati da accogliere nelle proprie strutture. Ed in questo era molto attiva: accoglieva tutti senza badare all'età ed al sesso dei soggetti. La maggioranza sarebbe stata utilizzata per realizzare le finalità previste.

Senza alcun tipo di registrazione, questi elementi venivano condotti in una delle due strutture che, pur appartenenti all'Organizzazione, risultavano indipendenti da essa e sconosciute perfino alla maggior parte dello staff organizzativo dei vari Centri.

Sia gli elementi provenienti dalle strutture di accoglienza e selezionati per tali finalità, e sia quelli raccolti direttamente, venivano trasferiti al Centro di Addestramento, nelle vicinanze di Pietersbur, a nord del Sudafrica.

I soggetti che fossero risultati inadatti allo scopo, sarebbero stati inviati a Bloemfortein.

Mentre nei cinque Centri di accoglienza - quelli ufficiali - aleggiava un clima di comprensione quasi amorevole e di affettuoso incoraggiamento a sviluppare le latenti capacità dei ragazzi, a stimolarli e renderli consapevoli della loro dignità e delle possibilità di lavoro, a Pietersbur, invece l'addestramento era severo, quasi militaresco, adeguato alle finalità da conseguire. Prevedeva l'annullamento mnemonico del passato individuale, l'addestramento psicologico alle attività sovversive e richiedeva l'assoluta, indiscussa obbedienza agli ordini nell'eseguire interventi in future operazioni mirate.

In sei mesi, l'addestramento quotidiano era un insieme di martellanti attività sia teoriche che pratiche che impegnava i giovani per diciotto ore al giorno.

Dovevano apprendere una nuova identità personale, i rudimenti di linguaggi afroasiatici, ma soprattutto, la conoscenza dell'uso d'ogni tipo d'armi e le più svariate tecniche d'intervento e di ripiegamento. Era infatti assolutamente inammissibile l'eventuale sopravvivenza all'azione intrapresa: piuttosto che essere fatti prigionieri, dovevano morire.

Nelle quotidiane esercitazioni, il furioso addestramento pratico non prevedeva alcun tipo di tutela individuale: i numerosi feriti, anche gravi, venivano trasferiti immediatamente a Bloemfortein.

Quattro

La realizzazione di un così vasto programma richiedeva una quantità enorme di capitali da parte dei finanziatori americani, europei ed asiatici, i quali, fin dall'inizio già prevedevano non solo il rientro di quanto investito, ma soprattutto di poterne ricavare successivamente un ulteriore guadagno che fosse sicuro e costante nel tempo.

Una delle poche attività che poteva garantire un notevole flusso continuo di denaro era certamente il trapianto di organi. Il commercio di organi umani infatti sarebbe stato certamente fiorente: fino a quando vi fosse un'umanità dolente, vi sarebbero state sempre richieste di trapianti.

E se mancava la materia prima, perché non servirsi di sbandati, orfani e fuggiaschi?

I finanziatori erano intimamente persuasi di compiere un'attività altamente solidale: avrebbe potuto giovare a centinaia di migliaia d'individui in tutto il mondo!

Alla periferia di Bloemfortein esisteva già un ospedale, una vecchia costruzione del periodo Coloniale, che l'Organizzazione trasformò in una modernissima clinica.

Intorno furono realizzati numerosi padiglioni, con alcune centinaia di piccole camere singole, sufficientemente confortevoli, destinate ai degenti. Il tutto era circondato da ampi giardini.

Il personale medico e paramedico era il migliore che si potesse trovare, per cui la nuova struttura sanitaria ebbe un notevole apprezzamento proprio per la sua eccellenza. I malati d'ogni genere affluivano con una più viva speranza di poter migliorare il proprio stato di salute. Ed invero venivano curati con diligenza e comprensione in quella clinica così ben attrezzata.

Anche i soggetti che giungevano dai vari centri dell'Organizzazione erano accolti con attenzione premurosa e venivano allocati nelle camerette a loro predisposte nei nuovi padiglioni.

Erano sottoposti a visite sanitarie quotidiane. I controlli e le cure erano oltremodo scrupolosi, eseguiti sempre con diligente sensibilità: infatti si evitava di infliggere sofferenze inutili.

Per ciascun soggetto venivano redatte schede estremamente riservate, nelle quali erano riportate notizie essenziali riguardo ogni singolo organo, ossa, tipo di sangue, arterie, muscoli, tessuto connettivo ..., e la loro prevedibile compatibilità.

Proprio per questi soggetti, e unicamente per loro, nei sotterranei dei nuovi padiglioni erano state allestite apposite sale operatorie e svariati ambienti atti a salvaguardare quanto asportato.

La notevole richiesta di sangue, di organi interni, di arti, di ossa ed altro, che perveniva da tutto il mondo, veniva così soddisfatta nelle numerose sale operatorie riservate, ormai attive ventiquattro ore al giorno!

Ai soggetti veniva somministrato un potente sedativo e immediatamente trasportati nei sotterranei. Un'iniezione era il primo atto del successivo asporto di tutte gli organi utili.

Lo staff chirurgico era altamente specializzato: da un unico individuo, infatti, riuscivano ad asportare almeno una decina di *pezzi* che potevano essere trapiantati in altrettanti soggetti diversi, dando a questi ultimi un'insperata possibilità di migliorare il proprio vivere. Mentre tutto ciò che risultava inservibile veniva smaltito nel Mar dei Sargassi.

In poco più di tre anni, dai Centri ufficiali dell'Organizzazione, circa duecento ragazzi avevano appreso gli elementi fondamentali per operare in attività professionali che avrebbero garantito un loro futuro lavorativo e sociale, mentre oltre millecinquecento ragazzi avevano acquisito conoscenze in campo agricolo ed artigianale, tali da poter svolgere con una certa competenza attività manuali.

Questi dati ufficiali conferivano lusinghieri consensi all'Organizzazione da parte dei vari Governi, che, proprio per l'importanza altamente sociale conseguita, stabilirono di contribuire volontariamente ad una così nobile Associazione, purtroppo ignari delle reali finalità che i finanziatori intendevano conseguire.

Gli inattesi contributi che pervenivano annualmente, alleggerirono le spese di gestione, ed ora che la *materia prima* era abbondante e così variegata, tale da soddisfare ogni tipo di richiesta, i finanziatori ritennero di poter recuperare quanto avevano investito e cominciare a registrare gli utili auspicati. Si doveva solo definire il prezzo da richiedere per ciascun tipo di trapianto!

Cinque

Nel sottosuolo dei padiglioni, tra le varie sale operatorie vi erano ambienti adibiti a deposito dei molteplici strumenti in uso e delle numerose bombole di ossigeno e di azoto.

In uno di questi s'era formata una lieve concentrazione d'umidità che, con il passar del tempo aveva intaccato una serie di fili elettrici, forse non ben isolati.

Nessuno se ne sarebbe potuto accorgere. Tutti, erano troppo impegnati in prelievi, amputazioni, registrazioni, e conservazione in adeguati ambienti di svariati *pezzi*, immediatamente catalogati. Peraltro, anche le squadre ausiliarie non potevano notare quei fili elettrici, così indaffarate nelle pulizie minuziose, l'ordine, la perfetta igiene necessaria nei vari ambienti e l'accurata preparazione delle sale adibite agli interventi successivi.

Dopo l'uso, in una sala operatoria, una grande bombola d'ossigeno fu trasportata nel deposito delle bombole. Forse, senza avvedersene, non era stata chiusa perfettamente, così da far fuoruscire lentamente il gas contenuto. Successivamente, qualche addetto andò a prelevare dal deposito una bombola e, nell'accendere la luce, l'ossigeno che s'era propagato nella stanza s'incendiò immediatamente.

Giles Vink, l'unico addetto all'archivio segreto, appena seppe dell'incidente, si preoccupò di telefonare a qualche componente dell'Organizzazione in Germania, comunicando che l'incendio era circoscritto ad un solo ambiente, per cui, assicurò, poteva essere facilmente domabile.

Ma la temperatura talmente elevata delle fiamme fuse i supporti delle altre bombole, provocando poi una serie di fortissimi scoppi ed alimentando così ulteriormente l'incendio che ormai si propagava furiosamente a tutto il padiglione, aggredendo anche quelli limitrofi.

Un infermiere della clinica si affrettò a chiamare i pompieri, descrivendo la gravità della drammatica situazione che si stava verificando nel sottosuolo dei padiglioni che lui credeva adibiti alla esclusiva cura di malattie molto particolari.

Quando sentì tremare l'intera struttura a causa degli scoppi fragorosi, Giles Vink cominciò a preoccuparsi per lo scenario che si presentava: le grida disperate, la polvere giallognola, i crolli, la confusione caotica di cadaveri, di feriti, e di gente dall'aspetto irriconoscibile che correva in tutte le direzioni urlando, piangendo, agitandosi freneticamente in un'enorme nube puzzolente di acidi bruciati ...

Doveva assolutamente rintracciare qualcuno degli organizzatori per comunicare l'effettiva situazione e per ricevere disposizioni, anche se, conoscendo i loro metodi, temeva che avrebbero deciso un massiccio bombardamento a tappeto di tutta la zona.

Tentò comunque di mettersi in contatto telefonico, ma sia la rete fissa che internet erano ormai fuori uso, e i cellulari non captavano più alcun segnale.

Con le prime squadre di pompieri giunse anche una pattuglia della polizia. Si resero subito conto della gravità dalla situazione.

Mentre i primi cercavano di arginare l'incendio, affinché non si propagasse ulteriormente, e di mettere in salvo i ragazzi superstiti, la polizia cominciò ad indagare gli ambienti non ancora colpiti dal fuoco, nonostante il fumo asfissiante e la confusione caotica.

Giunsero ad una porta ermeticamente chiusa.

All'ordine di abbatterla, Giles Vink si oppose molto energicamente, adducendo perfino il motivo di una presunta extraterritorialità di tutta la zona. Ma, la sua fu una protesta vana.

Abbattuta la porta, si trovarono in un buio corridoio di circa due metri che terminava con un'altra porta fornita di un più complesso sistema di sicurezza.

Per abbatterla, si dovette ricorrere alla dinamite.

Nel frattempo, giunsero il capo distrettuale della polizia governativa e quelli della scientifica.

Al di là di un breve corridoio buio, con sconcertante sgomento si trovarono immersi in centinaia di ossa umane, tutte conservate, ciascuna con un cartellino che era, al momento, pressoché incomprensibile.

Inoltrandosi negli altri ambienti, furono colpiti dall'agghiacciante scoperta di un enorme quantità di fegati, cuori, reni, polmoni, e tantissimi ulteriori *pezzi*, tutti biologicamente ben conservati e catalogati.

Dovettero abbattere altre porte per giungere infine agli archivi, solo in parte cartacei.

Trovarono vari elenchi di migliaia di *pazienti,* la loro provenienza dalle strutture di accoglienza e, da un primo sommario esame, intuirono una possibile, atroce connessione tra le numerose sigle presenti negli elenchi e quelle a prima vista incomprensibili, indicate sui cartellini dell'enorme quantità di reperti rinvenuti e così ben conservati.

La polizia, resasi conto della gravissima efferatezza di quanto scoperto, ritenne necessaria un'approfondita indagine da effettuarsi, oltre che in sede, anche in altre località, trasferendo comunque materiali e superstiti in una zona segreta, che sarebbe stata indicata dalle autorità nel corso del trasferimento stesso.

Con la maggior riservatezza possibile, infatti l'inchiesta si sarebbe avvalsa sia dei reperti sequestrati, sia dell'esame dei documenti informatici reperiti, che avrebbero sicuramente rivelato ulteriori importanti indicazioni, e sia dall'ascolto delle testimonianze fornite dai superstiti.

Col personale specializzato, giunsero vari tir per prelevare ogni cosa: materiali, documenti ed i settantaquattro ragazzi superstiti al disastro, insieme a Giles Vink ed altro personale che furono arrestati.

Tutto si svolse con sorprendente efficienza ed in modo rapido, mostrando una perfetta organizzazione operativa.

Infine, fu concordato di diramare un breve, formale comunicato ufficiale in cui si dichiarava che a causa di un imprevedibile cortocircuito, s'era sviluppato un piccolo incendio, subito domato, in uno dei padiglioni periferici della clinica di Bloemfortein.

Senza specificare ulteriori particolari, il comunicato concludeva assicurando che il resto della struttura era rimasto indenne.

Nel frattempo, i ragazzi superstiti furono sottoposti a vari interrogatori.

Quasi tutti ricordavano il loro passato e confermavano d'essere stati trattati abbastanza bene nei Centri in cui erano stati dislocati. Nessuno però sapeva dare notizie delle altre centinaia di ragazzi che risultavano scomparsi. Forse avevano lasciato i Centri di accoglienza per tornare alle loro terre.

Oltre questo, sembrava che da loro non si riuscisse ad ottenere ulteriori informazioni utili all'inchiesta.

Eppure, emerse una notizia sconcertante: oltre ai cinque Centri ufficialmente dichiarati dall'Organizzazione della *Human Development Institutions,* la medesima dirigeva attivamente anche la clinica situata alla periferia di Bloemfortein, così rinomata per la sua apparente eccellenza, e che, in realtà, era un efficiente Centro di orribili stragi e di morte scientificamente programmate per migliaia di giovani innocenti.

E ciò, non per questioni di fede religiosa o per motivazioni politiche, ma per un raccapricciante progetto di business da parte di vari magnati sparsi fra tutti i continenti!

Mentre, dai pressanti interrogatori di ventuno ragazzi superstiti molto restii a parlare, forse per paura o forse per un'intima confusione mentale, emerse un'altra sorprendente ed inquietante indicazione.

A differenza degli altri infatti, di se stessi non ricordavano più il nome, né le famiglie d'origine e neppure in quali località fossero nati ... ma, sia pure stentatamente dichiararono di provenire tutti da un posto pressoché desertico, malvagio, brutale: Pietersbur, che, dalle indagini segrete in corso, risultò essere un misterioso Centro di addestramento paramilitare, anch'esso gestito direttamente dalla *Human Development Institutions*.

Nel corso delle indagini effettuate in quel Centro, gli investigatori trovarono oltre duecento ragazzi, la maggioranza dei quali di sesso maschile, tra i sedici e i venticinque anni. Parevano degli automi, senza identità né memoria individuale!

Dai documenti rinvenuti, emersero numerosi programmi di eversione, stragi ed attentati che si stavano organizzando segretamente.

Gli inquirenti compresero l'enorme mostruosità di tutta l'Organizzazione che all'insaputa del Governo nazionale si era venuta a formare sul proprio territorio.

Il Governo di Pretoria impose il *segreto di Stato* sulla documentazione relativa al materiale sequestrato e sugli esiti dell'inchiesta medesima.

Da principio i magnati non si preoccuparono eccessivamente di ciò che era avvenuto: in definitiva, il comunicato ufficiale confermava quanto aveva riferito Giles Vink.

Nei giorni successivi non riuscendo a mettersi in contatto con Bloemfortein, inviarono in gran segreto un paio di loro emissari con il compito di verificare *de visu* la situazione, in modo particolare gli ambienti di conservazione e soprattutto gli archivi.

Ma come giunsero, gli emissari furono bloccati dalla polizia, trasferiti e più volte interrogati.

Nel giro di un mese, gli Organizzatori tentarono più volte di sapere che fine avessero fatto i loro emissari: sembrava che non fossero mai giunti alla clinica. Preoccupati, tentarono inutilmente di mettersi in contatto con gli altri loro Centri.

Compresero che la loro efferata organizzazione era stata ormai scoperta.

Non era stato elaborato un programma che prevedesse la soluzione e la legittimazione di una eventualità del genere, che pareva tanto inimmaginabile.

Quando poi si resero conto che i loro sette Centri erano stati sequestrati, il personale arrestato e soprattutto la documentazione esistente a Pietersbur ed a Bloemfortein ormai in mano alle autorità statali, capirono l'impossibilità di distruggere le prove che li avrebbero potuti accusare di crimini contro l'umanità.

Riservatamente tentarono vari approcci con le autorità di Pretoria e di Città del Capo per cercare di far insabbiare

ogni cosa, proponendo soluzioni che li avrebbe salvaguar-
dati e che nel contempo fossero state molto vantaggiose
per la Confederazione stessa.

Eppure era trapelata qualche confusa notizia, nonostante l'assoluta segretezza con cui venivano espletate le
indagini, la decifrazione crittografica della documentazione asportata e i numerosi interrogatori dei superstiti
in una zona nota solo a tre persone in tutto il Sudafrica.

Il caporedattore di *El Mundo*, Alonso Estrada, infatti
proprio in quel periodo si trovava a Bloemfortein, capitale
giudiziaria del Sudafrica, dopo essere stato in Marocco,
Senegal, Nigeria, Camerun e Angola, per svolgere uno
studio sui sistemi giudiziari operanti in alcuni Stati del
continente africano.

Ebbe percezione di quanto stesse succedendo alla
clinica e rimase alquanto sorpreso dalla reticenza che
circondava le conseguenze di quell'incendio, tanto da alimentare in lui vari sospetti, anche a seguito di commenti
frammentari, sussurrati da numerose persone del luogo.

Dopo qualche tempo, apparve sul quotidiano spagnolo
un suo breve articolo, il cui scarno contenuto fu ripreso
ed ampliato dalle agenzie d'informazione di numerose
nazioni europee:

*"BLOEMFORTEIN, SUDAFRICA. - Incidentalmen-
te si è sviluppato un incendio di vaste proporzioni
nella clinica che risulterebbe essere di proprietà
della HUMAN DEVELOPMENT INSTITUTIONS.
Poche e confuse sono le notizie sulle cause, ma si
parla di oltre milleduecento vittime, e a quanto
pare, forse non solo per le conseguenze dell'incen-*

dio. La maggior parte sono ragazzi e giovani di ambo i sessi. E questo rende la situazione alquanto sospetta!

Peraltro, le autorità locali non permettono alcun avvicinamento alla zona del disastro, resa inaccessibile per oltre un chilometro dal perimetro della clinica medesima.

Si ha la diffusa sensazione che il Governo intenda occultare le reali finalità di quella clinica, così rinomata in tutto il continente africano, o probabilmente sia a conoscenza, se non direttamente implicato in qualcosa di orrendo che al momento ci sfugge.

Infatti, molti sussurrano che in quei sotterranei si praticasse "a livello industriale" l'asporto di decine di migliaia di organi umani per effettuarne poi il loro commercio!

Peraltro, tutto ciò sarebbe avvenuto sotto l'egida di una fasulla "promozione umana" intesa a garantire un futuro a tanti ragazzi innocenti, sbandati dalle sventure dei loro Paesi! E ciò dimostra quanto l'apparenza possa ingannare!

Però, qualcuno dovrà pur dare risposte convincenti per quanto è accaduto: perché erano ricoverati un così gran numero di ragazzi, considerato che attualmente non vi sono in corso epidemie di così ampia portata? Quali agghiaccianti manipolazione venivano effettuate nel sotterranei di quella clinica? Cosa hanno trovato le autorità negli archivi sotterranei? Ci sono eventuali responsabilità da parte del Governo sudafricano o di altri occulti personaggi?

Se quelle voci risultassero fondate, ci troveremmo di fronte ad un'agghiacciante mostruosità, moralmente ben più atroce di quanto avvenne nel ventesimo secolo in varie parti del mondo!"

Difficile immaginare la possibilità di un altro processo internazionale simile a quello di *Norimberga*.

Si sarebbero dovuti imputare troppi personaggi dell'industria e della finanza mondiale e ciò avrebbe provocato sicuramente il crollo dell'economia di numerosi Stati americani, asiatici ed europei ...

Eppure, qualcosa doveva succedere!

CINCINNATO

Uno

"Signori senatori, signori deputati, andate tutti a quel paese!"

Certo, sarebbe stato un sollievo enorme, poterlo dire a chiare lettere, pensò il Presidente.

Alle elezioni politiche del mese precedente, aveva votato il trentotto per cento degli elettori.

Solamente il 38%!

Inoltre, ben più di tre milioni di schede erano risultate nulle, tra quelle bianche, sbagliate o incomprensibili!

In definitiva, la percentuale dei voti effettivamente validi precipitava al di sotto del 35%, tale era la sfiducia e il malcontento generale!

E quelli, i senatori e i deputati, litigavano accusandosi a vicenda per i risultati elettorali, e per ottenere incarichi e posti di potere ...

- Signor Presidente ... -

La voce di uno dei segretari, lo distolse dai suoi lugubri pensieri.

- Signor Presidente, c'è un tizio dal nome strano, una persona anziana che insiste di voler conferire con lei. Ho cercato di mandarlo via in tutti i modi garbatamente possibili, ma lui si ostina. Afferma che ogni cittadino ha il diritto di parlare con il proprio Capo dello Stato. - disse allarmato il segretario - Vuole che faccia intervenire la Sicurezza? -

- Come, non lo avete ancora fatto? -

- Pare un tipo inoffensivo. - si scusò il segretario.

- Dovrei dunque riceverlo? - domandò, sprezzantemente incredulo.

- Insiste nel dire che il Presidente ha il dovere istitu-
zionale di ascoltare i propri cittadini ... -

Era inusuale che qualcuno arrivasse fin lì, di persona
... la gente scriveva, telefonava ... e tutto veniva valutato
e filtrato dagli addetti alla sua segreteria.

E poi, quell'appellarsi a diritti e doveri costituzionali,
lo incuriosiva molto ...

- Lo ricevo nella biblioteca. - disse infine il Presidente.

E no, mio illustre sconosciuto, pensò, non credere che
ti riceva in pompa magna! Ma sono curioso di ascoltarti,
a tuo rischio e pericolo.

Di proposito lo fece attendere a lungo. E quando si
decise ad entrare nella biblioteca, vide un uomo sulla set-
tantina che, comodamente seduto, si guardava intorno.

- Chi siete e cosa volete? - Domandò, oltremodo scor-
tese - Badate bene, non ho tempo da perdere! -

- La comprendo benissimo, signor Presidente. - Fu
la risposta pacata dell'individuo, che rimase tranquillamente seduto - Ma la prego di dedicarmi cinque minuti. -

- Dunque? - domandò impaziente il Presidente.

- Ricorda quando era ragazzo e andava a scuola? - domandò l'uomo, alzandosi finalmente dalla poltroncina
- le avranno certamente fatto studiare come sorse Roma, le sue conquiste, il suo periodo aureo, quello della
repubblica ... -

- Mi volete propinare una lezione di storia? - domandò
indignato il Presidente - Ma voi chi siete, non mi avete
ancora detto come vi chiamate! -

- Il mio nome non ha importanza, - sorrise - oltre tutto,
è spaventoso: Roteondo. Il cognome poi, è addirittura
orrido: Claniarchico. Può intuire perché cerco di non

presentarmi mai: Roteondo Claniarchico, solo a pronunciarlo mi vengono i brividi! -

- E come vi fate chiamare? - domandò il Presidente.

- Teo Archi. - rispose - Lo so, non è granché, ma almeno è presentabile. -

- Dunque, signor Archi, stavate dicendo? -

- Anche allora, circa duemila e quattrocento anni fa, la repubblica era in grave pericolo, esausta ed assediata da più parti. Il senato romano deliberò un nuovo titolo, quello di *dictator* e per sei mesi ... all'epoca le cariche pubbliche erano molto più brevi di oggi ... -

- Già - lo interruppe il Presidente.

- E lo conferì - riprese Archi - a un certo Cincinnato il quale fece quello che doveva fare e allo scadere del proprio mandato, se ne tornò ad arare il suo podere. -

- Una situazione del genere oggi sarebbe improponibile - affermò il Presidente, dopo una pausa.

- Perché? -

- L'Italia ha già subito una dolorosa dittatura ... -

- No. - L'interruppe Archi - Per *dictator* intendo l'opportunità di legiferare senza appello, emanare cioè leggi eque di carattere generale per tentare di migliorare la gestione del bilancio dello Stato, sanare gradualmente il debito pubblico, migliorare le condizioni di vita dei cittadini, renderli cioè partecipi al benessere nazionale. -

- E questa, non sarebbe dittatura? -

- No. Se l'incarico durasse sei, massimo dieci mesi. Al termine del mandato, il *dictator* si dovrà ritirare spontaneamente o in modo coercitivo. -

Questo, pensò il Presidente, è pazzo, oppure un idealista, il ché è peggio.

- E per voi, vorreste quella carica? - Domandò in modo provocatorio.

- Signor Presidente, mi scusi se le rispondo molto francamente: *nun me ne frega gnente*! Mi creda però, in questo momento l'Italia ha bisogno di un personaggio forte, inattaccabile, che non abbia interessi ed ambizioni personali, o di partito, o di casta. -

- A parole, siamo tutti bravi a risolvere i problemi ... - commentò il Presidente.

- Potrei dimostrarle che le mie non sono parole, ma idee, proposte concrete, ma ... i cinque minuti che lei gentilmente mi ha concesso, sono trascorsi, e i suoi numerosi impegni la richiedono altrove. -

- Voi mi incuriosite. - Disse il Presidente con un lieve sorriso - E, anche se presumo che siano improponibili, vorrei conoscere i vostri progetti. -

- Se comincio, non finisco più di parlare. - rispose Archi - Ho tante idee e proposte di progetti concreti ... Se lei è veramente interessato, ne potremmo parlare la prossima volta, se ci sarà un'atra occasione. -

- Ho l'impressione che siate venuto qui solo per provocare - affermò il Presidente – visto che intendete troncare la conversazione! -

- Al contrario, lo faccio per lei, non voglio metterla in imbarazzo. -

- Che intendete dire? - domandò il Presidente.

- Coloro che le stanno intorno, si incuriosirebbero se il Presidente della Repubblica s'intrattenesse a lungo con uno sconosciuto, pretenderebbero di voler essere informati delle motivazioni, procurandole forse un fastidioso disagio! -

Il Presidente apprezzò la considerazione del suo interlocutore.

- Potrà dire di essere sempre disponibile ad ascoltare i cittadini privatamente. -

Due

Un paio di settimane dopo quell'incontro piuttosto singolare, il Presidente comunicò al Parlamento e al Capo del Governo l'intenzione di trascorrere in forma privata tre o quattro giorni di riposo in Trentino.

Al suo ritorno in Quirinale, avrebbe valutato le proposte concrete che nel frattempo i signori senatori e deputati fossero riusciti ad elaborare.

Alloggiò all'Hotel Virdis di Cagnò, un piccolo paese sul lago artificiale di Santa Giustina, ove, per strana combinazione, organizzata riservatamente in precedenza, era ospite anche il signor Archi, conosciuto a Roma.

Si accordarono di incontrarsi *per caso*, inoltrandosi lungo i sentieri dei boschi, così da sottrarsi ad occhi ed orecchi indiscreti.

- Penso che avremo alcune ore a disposizione, prima che qualcuno scopra dove mi trovo. Poi verranno i soliti giornalisti ... - disse il Presidente, mentre si avviavano per un viottolo fra i boschi vicini.

Era l'invito ad affrettare la conversazione.

- Signor Presedente, - iniziò Archi - mi permetta di farle alcune domande a cui non chiedo che mi risponda, ma piuttosto che faccia le necessarie considerazioni per proprio conto.

A quanto ammonta il debito pubblico dello Stato, cioè, a quante migliaia di milioni arriva il debito italiano? E, ancor più: alla nazione quanto viene a costare la gestione dell'amministrazione pubblica? È sostenibile e per quanto tempo ancora, una situazione economica del genere?

Si stanno elaborando progetti concreti quanto meno per migliorare i conti dello Stato? Oppure, l'unica soluzione è quella di sempre: inventare nuove imposte, nuovi balzelli a carico dei cittadini? -

- Probabilmente non mi crederete, ma alcuni di noi si pongono domande del genere. - Commentò il Presidente - Ma non è semplice cercare, e quasi impossibile trovare risposte adeguate. -

- Forse perché nessuno ha un effettivo interesse ad occuparsi seriamente dei problemi che opprimono la gente. - affermò Archi - Oppure le domande vengono formulate di proposito in modo talmente astratto ed evanescente per cui si ritiene superfluo doverle affrontare, convincendo molti che il volersi impegnare su argomenti astrusi come il benessere del cittadino, sarebbe addirittura dannoso per la propria immagine politica. -

Il Presidente non rispose.

- Ritengo che sia il caso - riprese quello - di frazionare per settori e categorie la valutazione e le relative proposte. Finora si è parlato di amministrazione pubblica e se permette, vorrei iniziare proprio da quella. -

- Quanti sono i seggi da assegnare alla Camera e quanti al Senato? - domandò, dopo una pausa.

- Alla Camera sono ... -

- Lasci perdere il numero esatto - lo interruppe Archi - Questa è una conversazione privata! Per facilitare la comprensione del concetto che intendo esprimere, arrotondiamo le cifre. Ipotizziamo dunque che alla Camera *possono* essere assegnati seicento seggi e al Senato, trecento.

Dai *media* ho appreso che l'affluenza alle urne è stata inferiore al trentotto per cento degli aventi diritto al voto ... di sicuro vi saranno state anche schede non valutabili, per cui ritengo che la percentuale dovrebbe essere scesa ulteriormente ... -

- Non dovrei essere io a dirlo, - disse il Presidente - ma in realtà i voti validi totali sono inferiori al trentacinque per cento! -

- Cioè, molto più della metà degli elettori ha espresso la propria sfiducia e disinteresse per la gestione politica e amministrativa del Paese? -

- Già! - esclamò il Presidente preoccupato.

- Non credo sia il caso di valutare le motivazioni di tanta indifferenza. - riprese Archi, dopo una pausa - Però mi domando: perché con il trentacinque per cento, si debbano assegnare i novecento seggi tra Camera e Senato, come se i voti validi fossero stati il cento per cento?

Sarebbe più logico, più equo e anche molto più economico assegnare i seggi del Parlamento nella medesima percentuale delle preferenze effettivamente espresse.

Tenendo presente che, come abbiamo detto, i numeri sono ipotetici, se si realizzasse questo metodo, il nuovo Parlamento sarebbe formato da 210 Deputati e 105 Senatori. Per un totale di 315 parlamentari, su 900 seggi previsti!

E se, oltre alla formazione del Parlamento, il medesimo metodo fosse applicato anche a tutte le cariche elettive degli ottomila Comuni, delle venti Regioni e delle altre

Amministrazioni pubbliche, quale sarebbe il risparmio totale? -

- Non saprei. - rispose il Presidente – Ritengo, piuttosto notevole. -

- Inoltre, riducendo il numero degli eletti, potrebbe esserci l'ulteriore vantaggio di una notevole riduzione del tempo dedicato al vano questionare, a beneficio di una più rapida approvazione di progetti concreti. -

- La proposta è interessante, ma sono sicuro che verrebbe bocciata dal Parlamento ... -

- Per questo motivo sarebbe opportuno un *dictator!* - lo interruppe Archi - Inconsapevolmente ci troviamo in una situazione d'anarchia mascherata di legalità. Si devono attuare soluzioni drastiche, altrimenti dovremmo rinunciare a tentare, dimetterci dal nostro essere cittadini e tornare alle caverne con lance e spade. -

Il Presidente fu impressionato dall'osservazione del suo interlocutore. Sarebbe stato il fallimento dell'apparato amministrativo e politico dello Stato! E questo non poteva, non doveva accadere.

- La Carta Costituzionale ... - tentò di replicare.

- Non è la Bibbia, né il Corano - l'interruppe Archi - La Costituzione è una norma fondamentale che dovrebbe però adeguarsi alle esigenze attuali della Nazione.

Dovremmo prendere l'esempio dagli Stati Uniti d'America: nel tempo hanno effettuato vari emendamenti alla loro Costituzione. -

- Di questo, se ne sta già discutendo in Parlamento. - affermò il Presidente.

- A mio parere, la Camera dei Deputati dovrebbe emanare leggi di carattere nazionale che il Senato dovrà eventualmente approvare. Il Senato dovrebbe essere l'unico organo rappresentativo delle Regioni, competente ad elaborare norme in base alle proposte presentate dai Consigli Regionali. Dette norme o leggi sarebbero sottoposte poi all'eventuale ratifica dalla Camera.

Le uniche figure elettive riguardanti i Consigli Regionali saranno esclusivamente il Presidente della Regione e l'Amministratore di ciascuna Provincia, i quali, di norma, si riuniranno mensilmente.

Oltre costoro, il Consiglio Regionale sarà composto dai Sindaci dei Comuni di ciascuna Regione e dai rappresentanti di rilevanti entità sociali, culturali e produttive presenti sul territorio, i quali parteciperanno ogni tre mesi ed in *forma gratuita* alle sedute del Consiglio per discutere le varie istanze locali ed elaborare i progetti relativi da proporre al Senato.

Il Consiglio Regionale avrà quindi unicamente il duplice ruolo: quello propositivo, di progettualità da realizzarsi sul territorio, e quello operativo, della effettiva attuazione di quei progetti che avranno ottenuto l'approvazione da parte della Camera. -

- Interessante. - disse il Presidente. – Però, anche se si riuscisse a realizzare i vostri progetti, i miliardi che si risparmierebbero non sarebbero sufficienti a sanare la situazione economica. -

- Mi permetta di parlarne quando affronterò l'argomento relativo al sistema finanziario e fiscale, sui quali ho qualche proposta concreta da sottoporle. - rispose Archi - Oltre tutto, dobbiamo ancora esaminare le diarie, le numerose Commissioni a cui partecipano coloro che sono stati eletti, le relative pensioni … -

- Ho l'impressione - l'interruppe il Presidente - che tutto il vostro programma sia un attacco mirato contro i politici. -

- Signor Presidente - rispose Archi - la posso assicurare che non l'ho proprio con nessuno. Semmai, sono contrario ai metodi adottati dalle Istituzioni, agli sprechi, alle corruzioni ed agli abusi a danno dei cittadini. -

- Su questo, sono d'accordo, però ... -

- Ho ancora molte proposte riguardo la previdenza, l'assistenza, la sanità, la ricerca, l'istruzione, il rilancio dell'economia, l'industria, l'agricoltura, l'esportazione, la finanza ... -

- Alt. Stop. - l'interruppe il Presidente - A quanto pare, siete un vulcano di progetti, un rivoluzionario sociale! -

- Forse, ma in questo non sarei solo. -

- Che intendete? -

- Signor Presidente, sono un pensionato - rispose Archi - che nella vita ha fatto il contadino. È vero, ascoltando, guardandomi intorno, pensando a ciò che avviene ... mi sono posto svariate domande e mi sono venute diverse idee, però non ho alcuna concreta esperienza.

Le mie sono solo idee, teorie astratte. Alcune, probabilmente troppo fantasiose, altre forse sbagliate, mancandomi la conoscenza specifica e completa dei vari problemi. Per questo motivo, se dovessi essere io il *Cincinnato* della situazione, le mie proposte e i progetti, se veramente validi, potrebbero realizzarsi unicamente con il sincero, disinteressato e onesto apporto di persone serie e di ampia esperienza. -

- Conoscete gente di questo tipo? - domandò il Presidente incredulo.

- Qualche amico, forse. Ma come me, non avrebbe l'esperienza e la cultura necessarie ... -

- Sono sicuro - riprese Archi dopo una pausa - che lei, signor Presidente, conosca personaggi di piena fiducia, di massima discrezione e di provata competenza ed onestà. Si potrebbe creare un ristretto team da lei presieduto e certamente in grado di realizzare le riforme necessarie.

- La mia funzione di Capo dello Stato non permette di presiedere alcun tipo di organismo. - affermò il Presidente - D'altra parte, dovrei ascoltare tutte le vostre proposte, prima di valutare la possibilità di un'eventuale formazione d'un team del genere. -

- È un invito a continuare? -

- Invero, mi sembra di partecipare al complotto d'una società segreta! - Sorrisero - Comunque, sono interessato ad ascoltarvi. -

- Per il loro impegno nell'attività pubblica, coloro che sono stati eletti hanno diritto al riconoscimento di ... come dire ... un compenso economico che dovrebbe essere calcolato per gli effettivi giorni di presenza e di partecipazione ai lavori parlamentari.

La diaria, chiamiamola così, la cui entità giornaliera dovrà essere valutata più equamente, sarebbe liquidabile al termine di ogni trimestre, calcolando appunto i giorni di reale presenza nel periodo preso in considerazione.

Inoltre, se hanno diritto a una diaria, non capisco perché debbano usufruire anche dei notevoli benefici riguardo a viaggi, vitti, alloggi e quant'altro!

Per di più, molti di loro presiedono o partecipano a talune delle numerosissime Commissioni a livello centrale, regionale o locale, ricevendo emolumenti, a volte anche cospicui, che si aggiungono a quanto già percepiscono per il mandato ricevuto dagli elettori. Peraltro, sovente, sono chiamati a far parte di quelle Commissioni, non per le loro specifiche competenze, ma soltanto per il fatto che sono dei parlamentari! Se si considera che per il loro mandato elettorale percepiscono una diaria, non le pare che dovrebbero svolgere gratuitamente questo tipo di attività? -

- Questo è opinabile, ma comprendo il concetto. - commentò il Presidente.

- Ritengo che, con i dovuti accorgimenti, molte di queste proposte potrebbero essere realizzate. E in tal caso, quale sarebbe il risparmio per l'amministrazione pubblica! -

- Però, non credo che si possa generalizzare in quanto le questioni sono tanto complesse e tutte molto delicate -

- Ne sono persuaso. - affermò Archi - D'altra parte, le mie proposte tendono a migliorare la situazione generale. -

- Se fossi stato convinto del contrario, non starei qui ad ascoltarvi! - rispose il Presidente - Non contesto le vostre idee, ma penso che alcune siano poco attuabili. -

- Forse lei è stanco di sentirmi ancora parlare. -

- Al contrario. Desidero ascoltare tutte le proposte per poi valutarne l'eventuale possibile realizzazione. - rispose il Presidente.

- Dovremmo parlare delle pensioni cui hanno diritto i parlamentari e coloro che sono stati eletti alle Regioni, ai Comuni ed ad altre Amministrazioni pubbliche. -

- Come tutti gli argomenti che stiamo affrontando, - riprese dopo una pausa - la previdenza è una materia molto complessa, con implicazioni alquanto diversificate e situazioni particolari. Sull'argomento potrei proporre ora solamente alcune linee generali.

Per meglio bilanciare e, perché no?, controllarne il carico economico, secondo me, si dovrebbero avere due istituzioni: l'Istituto di Previdenza e quello dell'Assistenza.

Quest'ultima, oltre ai propri compiti specifici, avrebbe l'onere dell'erogazione di assegni mensili a cittadini che non possono svolgere alcuna attività in quanto inabili al cento per cento, e anche a coloro che, pur avendo lavorato, non hanno versato contributi per almeno venti anni e abbiano un'invalidità superiore all'ottanta per cento. -

- E l'Istituto di Previdenza? - domandò il Presidente.

- Dovrebbe essere l'unico Istituto ad erogare prestazioni, anche quelle accessorie, che derivino dal versamento di contributi da parte dei cittadini per le loro attività lavorative. Con esclusione dell'infortunistica, per la quale esiste già un Istituto specifico. -

- Intendete sopprimere Enti, Casse professionali e di categoria? -

- Al contrario. Avrebbero la possibilità di tutelare meglio i lavoratori dei molteplici settori, ma non di esigere contributi previdenziali, con il vantaggio di una maggiore trasparenza, anche fiscale sia per gli Enti, sia per i cittadini.

Questi dovrebbero percepire la pensione contributiva al compimento, ipotizziamo, del settantesimo anno d'età con il versamento contributivo per un minimo di venti anni. È evidente che maggiori saranno gli anni di contributi, migliore sarà la pensione erogabile.

Ai cittadini che, per qualsiasi motivo, abbiano diritto a più pensioni contributive - per lavoro all'estero, per altre attività lavorative espletate contemporaneamente, per decesso del coniuge, o per altro titolo, al settantesimo anno d'età, sarà erogata la pensione più favorevole, alla quale verrà incluso il dieci per cento delle altre pensioni cui era maturato il diritto. In definitiva, al cittadino deve essere riconosciuta un'unica pensione. -

- Questa è una proposta incoerente - esclamò il Presidente.

- Non più assurdo del fatto che vi siano cittadini che percepiscono due, tre o quattro pensioni! - rispose Archi - Le faccio un esempio estremo, quindi, impossibile:

Un cittadino, a quindici anni di età ha lavorato all'estero per vent'anni. Nel frattempo ha studiato fino a laurearsi, diciamo, in Economia. Tornato in Italia, ha insegnato nelle scuole statali per oltre vent'anni e nel contempo ha esercito la professione di consulente, pagando i relativi contributi. È stato anche deputato per alcune legislature e le è venuto a mancare il coniuge. -

- S'è dato da fare! -

- Già. E per ciascuna di quelle attività avrebbe diritto ad una pensione: a settant'anni percepirebbe ben cinque pensioni! -

- È un'ipotesi assurda! -

- Infatti è un esempio limite. Ma le assicuro che in Italia un buon trenta, trentacinque per cento dei pensionati percepiscono due o tre pensioni. Se si adottasse, con i dovuti aggiustamenti, la mia proposta, quale sarebbe il risparmio per lo Stato? -

- Non ne ho la minima idea. - rispose il Presidente.

- D'altra parte, anche se il peso economico è rilevante, - riprese Archi - lo Stato deve garantire una pensione a tutti cittadini ultra settantenni. Per questo, ritengo indispensabile che, al compimento della maggiore età, ogni cittadino debba contribuire a tale spesa. -

- Questa sarebbe una nuova imposta! - esclamò allarmato il Presidente.

- Le imposte assumono valore educativo del senso di appartenenza ad una comunità se sono finalizzate alla partecipazione del proprio benessere e di quello della comunità cui appartiene.

Alla garanzia del diritto a ricevere una pensione, deve corrispondere da parte del cittadino il dovere di essere partecipe alla sua effettiva realizzazione.

È evidente che a diciotto anni, sono pochissimi coloro che svolgono un'attività soggetta a contribuzione previdenziale. Per tutti gli altri, dovrebbe essere richiesto un *contributo simbolico*, diciamo di sessanta euro l'anno, da versare alla fine di ciascun anno solare e unicamente per i periodi scoperti da contribuzione derivante da attività lavorativa. In questo modo, tutti i cittadini a settant'anni avranno una copertura contributiva che possa garantire loro una pensione minima. -

- In teoria, sarebbe un progetto interessante, ma ... -

- Ma generico e lacunoso. - lo interruppe Archi - Ne sono consapevole: non ho considerato, per esempio, le categorie di lavoratori la cui attività è usurante, le situazioni particolari, la possibilità di regolamentare soprattutto le situazioni pensionistiche anomale già esistenti, ed altro ancora.

Ripeto però che queste sono alcune proposte di carattere generale che il team dovrà vagliare, anche con l'apporto di periti esterni, sviluppandone tutti gli aspetti e le relative particolarità. -

- E la pensione ai parlamentari? - domandò il Presidente.

- Ritengo che, per valutare un effettivo anno di attività elettiva, dovrebbero partecipare ai lavori parlamentari per almeno centosettanta giorni l'anno.

Se le giornate fossero superiori, al termine dei loro mandati - notare il plurale - le stesse saranno sommate e, dividendo appunto per centosettanta, si individuerebbe il numero di anni dell'attività parlamentare svolta.

Qualora taluni parlamentari avessero svolto la loro attività per un periodo inferiore a venti anni, a questi, sarà liquidata un'indennità *una tantum* pari a una mensilità per ciascun anno di effettiva presenza.

Per coloro che invece, vanteranno un'attività elettiva superiore ai venti anni, calcolati come già detto, al termine della loro attività elettiva, avranno diritto a percepire la pensione relativa.

Inoltre, è quasi certo che nella loro vita molti, se non tutti avranno svolto un'attività lavorativa per la quale furono versati i relativi contributi, acquisendo così il diritto ad una o più pensioni. In tal caso, a settant'anni sarà liquidata la pensione più favorevole, oltre al dieci per cento delle altre. -

Il Presidente si mostrò molto perplesso.

- In conclusione, - riprese Archi - anche gli assegni erogati a qualsiasi titolo dall'Istituto di Assistenza cesserebbero di esistere al compimento del settantesimo anno d'età dei cittadini, ai quali viene comunque riconosciuta una pensione da parte dell'Istituto di Previdenza. -

- Secondo me, queste sono proposte che scontenterebbero tutti! – esclamò il Presidente.

- Ma sarebbero più eque per i cittadini e molto più economiche per lo Stato. Ritengo che, al momento, questo sia oltremodo più urgente -

Al tramonto, i raggi del sole si rispecchiavano fino alla diga, lungo tutto il lago di Santa Giustina.

Nei giorni successivi il Presidente riuscì ad eludere i giornalisti dichiarando che desiderava fare riposanti passeggiate solitarie.

A volte Archi lasciava l'albergo molto prima del Presidente e lo attendeva in un luogo prestabilito. Al ritorno rientravano per strade differenti ed in tempi diversi.

Dalle conversazioni sui vari problemi politici, emersero numerose proposte nei diversi campi di attività sociale: sanità, istruzione, ambiente, risorse, turismo ...

Si discusse di un'eventuale riforma del sistema fiscale, su quello relativo alla giustizia, ed altro ancora ...

Emersero una quantità impressionante di proposte concrete per tentare di conseguire un possibile miglioramento non solo dei conti dello Stato, ma soprattutto per realizzare un più sereno vivere quotidiano di tutti i cittadini, rendendoli veramente partecipi al benessere della Nazione.

Alcune idee apparivano fantasiose, altre potevano essere elaborate differentemente, però molte potevano divenire la base di un concreto risanamento dell'economia nazionale.

Il Presidente si rese conto che le proposte del suo interlocutore miravano al riordino politico, sociale ed economico dello Stato.

Forse, l'ostacolo maggiore sarebbe stato quello di proporre alla Nazione un Governo che avesse il sapore di dittatura, anche se a tempo determinato.

- I colloqui di questi giorni sono stati certamente molto interessanti, - disse il Presidente nel salutare Archi, l'ultimo giorno in montagna - ma sono irti di difficoltà e ritengo che non siano del tutto realizzabili. -

- La comprendo molto bene: dovrà trovare un personaggio che sappia conciliare l'idealismo delle varie proposte con il realismo della loro eventuale realizzazione. -

- Non nascondo il mio pessimismo sulla possibilità di poter formare un Governo del genere, ma, nella remota ipotesi che ciò avvenisse, voi potreste essere ... -

- No, signor Presidente. - Lo interruppe Archi - Ripeto, non ho la cultura né l'esperienza adeguate. -

- Potreste almeno far parte del team che si verrebbe a formare. -

- Solamente se lei lo ritenesse opportuno. -

Tre

Tornato a Roma, Il Presidente esaminò le proposte che i parlamentari avevano elaborato nel frattempo: avevano certamente il pregio di mirare al contenimento della spesa pubblica. Da un esame più attento però, sembrava che intendessero velatamente favorire alcune categorie a danno di altre e tendessero a tutelare interessi non meglio specificati.

Peraltro non presentavano effettive possibilità sanatorie, ma badavano solamente a raggiungere la parità di bilancio.

Al contrario, le drastiche proposte fatte da Archi a Cagnò, tendevano realmente a conseguire una sia pur difficile equità, e anche al risanamento del bilancio dello Stato, per una più convinta possibilità di ripresa della Nazione.

Ma anche quei progetti mostravano numerosi risvolti negativi, e tra l'altro, avrebbero imposto sacrifici indistintamente a tutti i cittadini.

Comunque, se pure fosse stato possibile far approvare dal Parlamento un Governo del genere, nella sua funzione di Capo dello Stato avrebbe imposto talune condizioni.

Infatti, la sua durata sarebbe stata limitata ad un massimo di dodici mesi, al termine dei quali i suoi componenti non avrebbero potuto svolgere alcuna attività politica per un periodo minimo di un decennio, onde evitare ulteriori frammentazioni partitiche.

Inoltre, per poter realizzare concreti benefici da tante restrizioni, era indispensabile che per almeno cinque anni non venissero abrogate le leggi emanate da quel Governo.

In proposito, accennando molto blandamente a quelle proposte, consultò i suoi consiglieri.

Le reazioni furono negative e alquanto risentite. Qualcuno dichiarò perfino che sarebbe stato un "governo capestro": avrebbe segnato la fine del sistema repubblicano.

D'altra parte, anche gli amici più fidati lo sconsigliavano, in quanto, a tutela della sua immagine pubblica, non sarebbe stato opportuno fare proposte del genere:

sconvolgere il sistema politico, produttivo, sanitario e culturale, era certamente un salto nel buio!

Il Presidente ebbe conferma delle perplessità che fin dall'inizio aveva percepito ascoltando quell'idealista di Archi.

Eppure, certe sue utopistiche proposte potevano dimostrarsi valide, se si fossero potute realizzare ...

Intanto, le diverse fazioni di cui era composto il Parlamento avanzavano sempre più vivacemente le proprie ragioni, presentando numerosi emendamenti alle proposte legislative del Governo.

Con milioni di parole, i *media* gongolavano nell'incerta situazione che s'era venuta a creare, a volte travisando le stesse intenzioni dei vari parlamentari, mentre i cittadini erano sempre più confusi e scontenti.

Tutti mostravano un'ampia sfiducia in quel *bailamme*.

L'incertezza era tale da frenare anche le attività produttive del Paese. Ormai l'economia si stava avviando verso l'ennesima crisi profonda, che risultava evidente anche nei rapporti con l'estero: la stessa immagine politica perdeva sempre più credito presso le altre Nazioni.

Dopo vari mesi di vacuo questionare, di tentativi compromissori, il Capo del Governo, ormai sfiduciato, rassegnò le dimissioni.

Il Presidente iniziò le consuete consultazioni con le segreterie di partito, dei sindacati e di personaggi di rilievo nei vari settori della vita del Paese. Ascoltò le osservazioni, le proposte, e le motivazioni di tutti ...

Infine, dopo un lungo colloquio con un deputato pressoché sconosciuto, appartenente alla coalizione di maggioranza, gli propose l'incarico di formare un governo di transizione.

Presentatosi alle Camere, ormai mobilitate a prepararsi alle elezioni anticipate, il nuovo Governo ottenne la fiducia.

Avrebbe gestito l'ordinaria amministrazione, e nel contempo, avrebbe potuto emanare alcuni decreti legge, che, prima della loro decadenza, sarebbero stati riproposti apportando le necessarie modifiche.

E, forse, in quella situazione caotica del Parlamento, sarebbe stato possibile far approvare qualche decreto di ... *Cincinnato.*

L'Autore

Nato a Bari nel 1942, Fulvio Orga dal 1969 vive ad Avellino. Collabora con riviste a carattere letterario, storico, filosofico. Ha esordito nella narrativa con il racconto **Miao e Ciok** (Il Foglio 1975). Nel 1977 ha pubblicato il racconto **L'isola di ghiaccio** (Il Foglio); la raccolta di racconti **Bum Bum** (Menna 1978); la raccolta **Poesie no** (Menna 1979); il racconto **La città** (Dragonetti 1982); il romanzo storico **Cronache nostrane, don Vito** (Vicum 1985); la biografia **Una vita per l'umanità, Padre Giuseppe Morosini** (MZO Edizioni 1997, 2003); il racconto **Il Ribelle** (MZO Edizioni 2004, 2007); il dialogo di natura religiosa **... e Gesù rispose** (Omicron 2015).